군대가면 7
손해보는 가지

군대가면 7 손해보는 가지

| 이상도 지음 | 그동안 국가와 사회는 군복무자에 대한 보상과 양성평등제, 장애인 고용쿼터제를 같은 선상에서 놓고 평가해 왔다. 예를 들어 군복무자에 대한 보상을 여성과 장애인의 권리를 침해하는 것으로 해석했다. 그러나 두 가지는 별개 사안이다. 대한민국이 60여년을 이어온 징병제. 이를 계속 유지하려면 사회 구성원간에 새로운 합의를 추구할 때가 되었다. 보상 없는 군복무, 인센티브 없는 군복무 제도를 유지하면서 언제까지 국방의 의무란 이름으로 젊은 남성들을 군으로 보낼 수 있을까?

과연 군대에 갔다 온 남성들의 불만은 마초 근성 때문일까?

대다수 남성들은 의무이기 때문에 군대에 가는 것이지
애국심과 투철한 국가관으로 무장되어 있어서 군대에 가는 것은 아니다.

KSi 한국학술정보(주)

2002년 초 당시 대학교육협의회 사무총장이던 이현청 호남대 총장과 저녁 자리를 가졌다. 식사를 하면서 이현청 사무총장은 변화하고 있는 대학가 모습 몇 가지를 들려줬다. 그 중 하나가 어학연수생과 배낭여행객의 70% 정도가 여학생인 것 같다는 말이었다. '어학연수와 배낭여행으로 실력을 키운 여학생이라' 사회에 큰 변화가 몰려올 것 같다는 느낌이 들었다. 그로부터 6년 가까운 시간이 흘렀고 취업시장 판도는 크게 달라졌다.

9급 공무원 시험은 합격자의 50% 정도를 여성이 차지하고 있고 행정고시나 외무고시도 마찬가지다. 2007년 외무고시에서는 여성 합격자 비율이 68%였다.

교직은 2007년 중등교원 합격자 중 여성 합격자 비율이 80%를 차지할 정도로 여성의 진출이 활발하다. 민간기업도 공직과 다르지 않다. 2006년 국내 167개 은행·증권·생명보험·손해보험·자산운용·선물회사 입사자 중 여성 비율은 60%였다.

의사고시, 사법시험 같은 전문직 시험에서도 여성 합격자가 30~40%를 차지하고 있다.

여성들의 진출이 이처럼 늘어난 것은 몇 가지 이유가 있다. 가장 큰 요인은 뭐니 뭐니 해도 여성 스스로의 노력을 꼽을 수 있다. 여성들이 과거와 달리 취업시장에 적극적으로 대처하고 실력을 키운 게 결실을 맺었다고 볼 수 있다. 또 다른 요인으로는 여성의 취업을 늘릴 수 있도록 제도를 개혁했다는 점이다.

예를 들어 남녀고용평등법 제정과 군가산점제 폐지가 그것이다. 이 같은 제도 개혁은 양성의 고른 발전, 우수한 여성 인력 활용이라는 점에서 바람직한 일이었다.

그러나 여성들에 대한 제도적 개혁이 이뤄지면서 군복무를 했던 남성들이 상대적으로 불리한 위치에 서게 되었다.

짧게는 24개월에서 길게는 27개월간 군복무를 남성들에게 사회나 국가가 해준 게 뭐가 있냐는 불만이 젊은 남성들을 중심으로 터져 나왔다. 여기에 일부 여성 단체 등이 군복무 자체에 대해 폄하하는 듯한 발언을 하자 사회 일각에서는 여성들도 군대에 보내자는 극단적인 주장까지 하게 되었다.

이런 남성들의 불만에 대해 우리 사회는 아직 냉담한 반응을 보이고 있다. 그들의 목소리에 진지하게 귀 기울이고 제도적 보완점을 찾기보다는 군사문화의 잔재, 남성우월주의자인 마초맨이라고 비난하는 게 일반적이다.

과연 군대에 갔다 온 남성들의 불만은 마초 근성 때문일까? 이 질문이 책을 쓰게 된 계기이다.

청와대 출입 기자 시절인 2006년 12월 21일, 기자실이 발칵 뒤집어진 일이 있었다. 당시 민주평통자문회의 상임위원회에 참석한 노무현 대통령은 '그렇게 별들 달고 거들먹거리고 말았다는 것이냐', '2사단 빠지면 다 죽는다고 국민이 와들와들 사시나무처럼 떠는 나라', '군대 가서 몇 년씩 썩는다'처럼 국민과 군을 비하하는 듯한 발언을 하였다. 노무현 대통령은 이 발언을 한 이후 집중적인 비난을 받았다. 그러나 노무현 대통령이 한 말 중에 '군대에서 썩는다'는 표현은 적절하지는 않았지만 그다지 틀린 말은 아니라는 게 군대에 다녀왔던 많은 사람들의 인식이다.

대다수 남성들은 헌법과 법률에 병역의 의무가 규정되어 있기 때문에 군대에 가는 것이지 애국심과 투철한 국가관으로 무장되어 있어서 군대에 가는 것은 아니다.

따라서 국가가 부여한 병역의무로 남성들이 어려움을 겪는다면 국가와 사회는 짐을 나눠져야 한다. 지난 몇 달 동안 남성들이 군대 문제로 인해 생기는 손해는 무엇인지 추적하여 보았다. 각종 자료와 기사, 사회 일반의 인식 등을 살펴본 결과 우리 사회는 남성들이 군복무로 인해 겪는 손해, 어려움에 대해 둔감하거나 무시하고 있다는 결론을 내렸다.

12월 대통령 선거가 한 달 앞으로 다가왔다. 2002년 아들의 병역비리 의혹으로 낙마했던 이회창 전 한나라당 총재가 무소속으로 출마하면서 2002년에 이어 병역문제가 다시 수면 위로 떠올랐다. 북한과 대치하고 있는 우리 현실에서 군 문제는 피할 수 없는 운명이다.

그렇기 때문에 군복무 때문에 20대 젊은이들이 어려움을 겪고 있다면 사회가 모두 나서서 해법을 찾아야 된다고 생각한다.

이 책이 군대에 다녀온 사람들의 항변에 귀 기울이고 해법을 도출하는 계기가 될 수 있으면 한다.

최근 학업, 운동, 리더십 모든 면에 있어서 남자에게 뒤지지 않는 엘리트 여성을 뜻하는 알파걸이란 말이 주목받고 있다. 미국 하버드대 아동심리학 교수 댄 킨들러가 '새로운 여자의 탄생-알파걸'이라고 정의하면서 처음 사용된 '알파걸'은 우리 사회에서는 유능한 인재로 성장해 가는 여성을 일컫는 말로 쓰이고 있다. 알파 걸의 등장은 여성성이 우리 사회의 많은 문제점을 치유하는 계기가 될 수 있다는 점에서 긍정적이다. 그러나 '알파 걸'이 되려는 여성은 마음이 따뜻해야 한다. '알파 걸'을 넘어 우리 사회의 더 큰 지도자가 되려면 여성들도 이제 귀를 열어야 한다.

군복무를 한 남성들이 겪는 어려움에 대해 진지하게 가슴을 열고 귀를 기울이고 그 해법을 함께 모색했으면 한다.

지난 3월 책을 쓰기로 한 이후 부담감이 한시도 떠난 적이 없다. 여름 내내 집 주위를 떠나지 못하였고 가족들도 덩달아 집 주변을 맴돌았다.

쓴 소리를 아끼지 않았던 아내가 고맙다. 제대로 놀아주지 못해도 아빠 생각을 먼저 하는 성재, 외국에 있는 성준이가 이 책을 보고 용기를 얻었으면 좋겠다.

도움을 주신 모든 분에게도 지면으로나마 인사를 전한다.

마지막으로 외국의 병역 사례는 병무청에서, 그리고 일부 내용은 인터넷 블로그나 카페, 몇몇 사진은 국내외 관련 기관 홈페이지에서 인용했음을 미리 밝힌다.

2007년 11월 저자 이상도

Contents

첫째마당 | 병역이 궁금하다

① 현역으로 가는 사람들 | 16

군대는 누가 갈까?	16
어디서 훈련받고 배치될까	19
–훈련소가 많은 육군	20
–육군 자대배치는 전국구	21
–해군의 메카 진해	25
–사천에서 시작되는 공군	28
–해병대 제 2의 고향은 포항	29
입대 20개월이면 병장을 단다	31
이등병 월급은 6만 6천8백 원이다	34

② 병역 따라잡기 | 37

육군만큼 빡센 전경, 의경	37
교도소에서 병역 마치기	41
긴급 출동 119로 병역 끝내기	43
박지성 선수는 군복무를 면제 받았나?	44
전설이 된 '송추 방위'	47
조류독감 때문에 생긴 병역제도가 있다	49
시골 의사 선생님은 군복무 중입니다	51

③ 개편되는 병역 | 54

현역병 복무 기간이 18개월로 줄어든다　　　　　54
유급지원병제가 도입된다.　　　　　　　　　　　56
열외 없는 병역, '사회복무제' 가 실시된다　　　　58
전경, 의경제도가 폐지된다.　　　　　　　　　　60

④ 병역 궁금증 풀어보기 | 62

병역의무는 남자에게만 있다　　　　　　　　　　62
여성에게 병역의무가 없는 이유는　　　　　　　　65
여군 ROTC(학군장교)는 가능한가　　　　　　　　67
가수 '싸이' 가 현역 입영 위기에 처한 이유　　　69
인기스타 유승준, 국내 공연을 할 수 없는 까닭은　71
어떤 사람이 병역면제를 받나　　　　　　　　　　74
대체복무는 가능할까?　　　　　　　　　　　　　78

둘째마당 | 군대 가면 손해 보는 일곱 가지

1 한발 늦은 인생 | 82

대학 동료, 후배가 사회에서는 선배로	82
저축액 0원 대 2천만 원	84
뒤처지는 주택마련	86
승진은 입사 동기끼리	89
늦어지는 결혼	91

2 불리해진 취업 | 95

성큼 다가온 공무원 여초시대	95
장애인 취업 약진−	98

3 일찍 찾아온 황혼 | 100

취직은 늦지만 퇴직은 같다	100
연금 수령액이 적다	103

4 복학이 두렵다 | 107

껑충 뛴 등록금 차액 모두 내야	107
허리 휘는 복학생 생활비	110

5 어학연수, 배낭여행은 여성 전성시대 | 114

거침없는 여학생 어학연수   114
세계화 시대는 20대 여성이 먼저   117

6 멀어져 가는 전문가의 꿈 | 119

의학전문대학원 합격자의 7할은 여성   119
전문직 여성이 늘고 있다   123
3년 동안 메스를 잡지 못한 의사   125

7 국가 배상, 민간보상은 없다 | 129

무조건 배상, 보상에서 제외되는 군복무 기간   129

셋째마당 | 다른 나라 병역제도

1 징병제, 모병제 | 134

징병제, 모병제   134

2 징병제를 채택한 나라 | 136

북한의 군복무 기간은 세계에서 가장 길다   136
이스라엘에서는 여자도 병역의무를 진다   138
독일에서는 종교적 이유로 대체복무가 허용된다   140
타이완 현역병 월급은 한국보다 3배 많다   142
팔로군의 전통이 살아 있는 중국   145
영세중립국 스위스는 민병의 나라다   147
불교국가 태국에서는 승려의 병역이 면제된다   148
터키병역제도는 한국과 비슷하다   149

3 지원병제를 택한 나라 | 150

세계 최강, 미군의 전투력은 어디서 나올까   150
영국 해군, 공군에는 Royal이란 칭호가 붙는다   154
프랑스에는 외인부대 '레종 에뜨랑제'가 있다   157
일본 자위대는 군대가 아니다, 그러나 강하다   159

넷째 마당 | 행복한 병역의무를 위한 길

① 핵심 빠진 개편 방안 | 162

국가기여정년제 도입은 어떨까   162

전역 격려금, 군가산점제 고려해야   164

국가배상법, 보험약관 전면 개정으로 가자   166

전문가 병역제도, 현실에 맞게 고치자   167

② 미래를 준비하자 | 168

미리 준비하지 않으면 늦는다   168

첫째 마당

병역이 궁금하다

현역으로 가는 사람들

😊 군대는 누가 갈까?

지난 7월 여름휴가는 강원도 춘천에서 보냈다. 알려진 바와 같이 춘천은 삼악산과 의암호, 수렵장처럼 1~2일간 쉬기 좋은 관광지가 많은 곳이다. 그중 의암호를 거쳐 춘천댐을 지나 춘천시내로 돌아오는 일주 도로는 매년 조선일보 마라톤 대회가 열리기도 하는 경치 좋은 드라이브 코스로 유명하다. 휴가 이틀째 그곳을 지나던 중에 눈을 멈추게 한 표지판이 있었다. '102 보충대대'였다. 가물가물한 기억을 더듬어 가며 조금은 낯선 길을 따라 2백 미터쯤 들어가니 '국민과 함께하는 정예 육군'이라는 아치와 '호국요람'이라는 가로 글씨가 선명한 부대 정문이 나타났다.

19년 만에 다시 본 보충대 정문이었다. 1988년 논산 육군 훈련소에서 퇴소식을 하던 날 밤, 훈련소 동기들과 함께 탄 군용열차는 밤새 북쪽으로 달려갔다. 칠흑같이 어두운 밤 성북역에서 기차를 갈아타고 다시 2시간여를 달려 도착한 곳은 춘천역이었다. 당시 춘천역에서 우리를 기다리고 있던 건 102 보충대 60트럭이었다. 그렇게 도착한 102 보충대는 남은 군 생활을 어디에서 해야 할지 모르는 신병에게 아주 낯선 곳이었다. 그래서 그런지 춘천역에서 102 보충대를 가던 길은 지금도 기억이 또렷하다. 과거 내가 그랬듯이 이 시간에도 많은 젊은이들이 102 보충대 가는 길을 돌아보며 인생의 한 부분을 쌓아가고 있을 것이다. 군대는 대한민국 국적을 가진 남성이라면 극소수의 예외적인 일부를 제외하고 피할 수 없는 곳이다.

대한민국 남성들은 법이 정한 기준에 따라 연기된 몇몇 경우를 제외하고는 19세가 되는 해에 무조건 징병검사를 받아야 한다. 이는 우리나라가 원하는 사람만 군대를 가는 모병제가 아니라 국가의 필요에 의해 강제적으로 국민을 군대에 동원하는 징병제를 채택한 나라이기 때문이다.

징병검사에서 1에서 3등급은 현역, 4등급은 보충역, 5등급과 6등급은 제2국민역과 면제, 7등급은 재검대상이다. 그러니까 현역 판정을 받는 사람은 나라를 수호할 만한 자격이 충분한 당당하고 신체건강한 대한민국의 남아라는 의미이다. 십여 년 전 80% 정도였던 현역판정 비율은 2004년, 2005년, 2006년 3년 내리 90%가 넘었다. 2006년의 경우 징병검사 대상인원 30만 2587명 중에 90.2%인 27만 3055명이 현역이었다.

최근 여러 가지 이유가 있겠지만 현역 판정 비율이 과거에 비해 높아진 것은 사회 분위기와 관련이 깊다고 본다. 1997년과 2002년 대통령 선거에서 한나라당 이회창 전 총재 아들의 병역비리 의혹은 당락을 가른 쟁점 중 하나였고 2004년에 야구선수 조진호, 탤런트 장혁, 한재석 등이 연루된 대규모 병역비리 사건은 사회에 상당한 충격을 주었다.

매스컴에 보도된 이러한 사건들을 겪으면서 우리 사회는 병역의무에 예외를 두지 말자는 합의가 서서히 일어나게 된 것이 아닌가 싶다.

전체 병역의무 이행자 중에 현역병으로 복무하는 비율은 77% 정도이다. 여기에다 근무 강도가 현역병과 다름없는 전경, 의경, 경비교도대까지 군대에 가는 걸로 치면 그 비율은 85% 정도로 높아진다. 현역으로 가지 않는 15% 정도는 공익근무요원, 산업기능요원, 전문연구요원처럼 보충역 복무를 하고 병역을 마치게 된다.

🐾 어디서 훈련받고 배치될까

"집 떠나와 열차타고 훈련소로 가는 날 부모님께 큰절 하고~."로 시작되는 가요

「이등병의 편지」는 군 입대 환송식에서 단골로 등장하는 노래이다.

1989년 가수 전인권이 처음 불렀지만 김광석이 자신의 음반에 수록하면서 히트를 쳤다. 애절하지만 군 입대라는 현실을 담담하게 인정하는 듯한 김광석의 목소리에 사람들은 목 놓아 함께 부르기를 주저하지 않았고 90년 이후 이노래는 영원한 입대 환송가가 되어 버렸다. 세월이 흘러 필자가 제대를 한 지 어언 20년 가까운 시간이 지난 오늘날에도 「이등병의 편지」가 불리는 이유는 군 입대를 앞두고 이 노래에 공감하는 사람이 그만큼 많다는 뜻일 것이다. 2006년 국방백서에 따르면 대한민국 군 병력은 67만 4천 명이었다. 이 중 육군이 54만 천여 명으로 80%를 차지하고 있고 해병대를 포함한 해군이 6만 8천여 명, 공군이 6만 5천여 명으로 각각 10% 정도의 비중을 갖고 있다. 육군으로 입대하는 사람은 1년에 22만 명에서 25만 명 정도이다.

이 중 징집에 의해 입대하는 징집병이 15~6만 명, 지원

에 의해 입대하는 지원병이 7~8만 명이다. 지원병은 특전병, 의무병처럼 군에서 복무할 분야를 미리 정하고 입대하는 병력으로 지난 몇 년 동안 20~30% 늘어났다. 군 당국이 징집병보다 지원병 비율을 지속적으로 늘리고 있어 지원 입대 병력은 더 늘어날 것으로 보인다.

✱ 훈련소가 많은 육군

육군 입대 영장이 나오면 육군훈련소 입소대대, 102 보충대대, 306 보충대대, 제2작전사령부 예하 7개 사단훈련소로 입소해야 한다. 충남 논산에 있는 육군훈련소는 예하 부대로 7개 교육연대를 두고 있는 육군의 대표적인 신병양성기관이다. 군에서 제대한 많은 사람들이 육군하면 논산이 떠오를 정도로 우리나라 신병교육의 산실로 자리매김하고 있는 곳이다. 육군훈련소에서는 군에서 복무할 분야가 정해져 있는 특기병을 주로 양성한다. 예를 들어 기갑, 방공, 통신, 헌병, 정보, 통신 등의 특기를 가진 지원병은 대부분 육군훈련소로 입대하게 된다. 미군에서 복무하게 되는 카투사, 의무경찰, 의무소방대 요원도 육군훈련소로 입소하여 기초군사훈련을 받게 된다.

육군훈련소에서 5주간 훈련을 마치고 퇴소하면 대부분 병과별로 2~6주간 후반기 교육을 받는다.

기갑은 장성 기갑학교, 방공은 조치원 방공학교, 공병은 장성 공병학교, 통신은 대전 통신학교, 헌병은 성남 행정학교, 정비, 수송은 대전 종합군수학교, 의무는 대전 군의학교에서 추가 교육을 받아야 한다.

백마부대 신병 교육대대 전경

춘천 102 보충대대는 유명 연예인들의 잇따른 입대로 유명해진 곳이다. 한류스타 원빈, 인기그룹 god 출신 윤계상, 인기 연예인 송승헌, 장혁 등이 이곳을 통해 입대하였다. 춘천 102 보충대대로 입소하는 병력은 강원도 지역 사단, 의정부 306 보충대대로 입소하는 병력은 경기도 지역 사단 신병교육대대에서 기초군사훈련을 받는다. 육군훈련소가 특기병에 대한 군사훈련을 담당하는 것과 달리 사단신병교육대대에서는 주로 보병과 포병을 양성한다.

✳ 육군 자대배치는 전국구

육군으로 입대하면 주로 경기도, 강원도에서 복무하게 되지만 일부는 충청, 영남, 전라 지역을 관할하는 제 2작전사령부 예하부대에서 근무하게 된다.

현재 육군은 8개 군단, 22개 상비사단을 보유하고 있다. 이중 1,5,6,7. 수도군단이 경기도,2,3,8 군단이 강원도 지역을 맡고 있다. 1개 군단은 3개 사단과 포병여단, 기갑여단, 기타 예하부대로 편성된다. 단 7군단은 수도기계화사단과 양평기계화사단, 2개 사단으로 구성된 기동군단이다. 상비사단은 병력과 장비를 모두 갖추고 있어 즉각 전투가 가능한 사단이다. 상비사단은 기계화사단, GOP사단, 예비사단으로 나누어진다.

기계화사단은 강력한 화력의 전차, 장갑차, 자주포 등으로 무장한 한국 육군의 주력부대이다. 한국 육군은 7군단 예하의 수도기계화사단, 양평기계화사단 외에 11기보사(화랑부대), 26기보사(불무리부대), 30기보사 (필승부대), 8기보사(오뚝이부대) 등 모두 6개의 기계화사단을 보유하고 있다. 이 중 강원도에 배치된 화랑부대를 제외한 5개 기계화 사단이 경기도에 있다.

GOP사단은 최전방 철책방어가 주목적인

▌ 철책에서 경계 근무 중인 병사 −다이나믹 코리아

부대로 모두 11개 사단이 있다. GOP 사단은 휴전선 철책을 중심으로 동·서로 365마일을 길게 늘어선 형태로 배치되어 있다. 예비사단은 유사시 전방에 배치된 GOP 사단 중 전력이 약해진 곳을 지원하는 역할을 하는 사단이다.

2개 GOP 사단이 철책을 방어하고 1개 예비사단이 GOP 사단을 지원하는 형태여서 GOP 사단보다는 상대적으로 후방이다.

일부 육군 입대 병력은 향토사단과 동원사단에서 기간요원으로 복무하게 된다.

향토사단이란 고유의 맡고 있는 지역이 있어 해당지역의 방어를 책임지는 사단으로 지역 방어는 물론 예비군 훈련도 담당한다. 2군 작전사령부 산하에 7개 향토사단이 있고 서울과 경기·강원 지역에도 향토사단이 있다. 서울근교의 향토사단을 제외한 나머지 지역 향토사단은 예비군 훈련 외에 해안경계가 임무의 큰 몫을 차지하고 있다. 병력은 현역병인 기간요원과 집에서 출퇴근하는 상근 예비역으로 구성된다. 동원사단은 평소에는 2천 명 내외의 인원으로 부대를 운용하다가 전쟁이 발발할 경우 동원 예비군으로 병력을 보충해 사단편제를 갖추는 부대이다.

흔히 군에서 제대한 후 예비군 4년차 이하일 경우 동원

훈련을 위해 입소하는 부대는 동원사단일 가능성이 많다.

현재 12개인 동원사단은 군 구조 개편 계획에 따라 향토사단으로 통폐합되는 등 대폭 축소될 예정이다.

육군 입대 병력 중 상당수는 육군 직할 부대에서 복무한다.

육군 직할부대로는 수도방위사령부, 특수전사령부, 항공작전사령부, 유도탄사령부, 군수지원사령부, 교육사령부, 육군사관학교 등이 있다. 수도방위사령부는 서울을 방어하는 부대로 경비단과 헌병단, 방공단 등의 직할 부대와 예하 향토사단으로 구성된다. 특수전사령부는 7개 특전여단과 대테러 부대인 707 특임대 등을 관장하는 부대이다.

일반인 사이에서는 공수부대로 알려져 있고 이라크에 파병된 자이툰 부대, 레바논에 파병된 동명부대원의 절반 이상을 특전사 요원이 차지할 정도로 한국을 대표하는 최정예 부대이다.

유도탄사령부는 우리 군 포병의 핵심장비인 다연장로켓(MLRS)과 에이테킴스(ATACMS) 전술 지대지 미사일 등의 포병전력을 총괄 지휘하는 곳이다.

북한의 장사정포와 단거리미사일 위협에 대응하기 위해 2006년 창설되었다.

항공작전사령부는 육군 작전을 공중에서 지원해 주는 임무를 맡는 부대로 1999년 설치되었다. 경기도 이천에 사령부를 두고 있고 소형헬기인 500MD, 중형 공격헬기인 AH-1S(코브라), 대형기동헬기인 CH-47 등을 운용하고 있다.

함상 테러 훈련 중인 특전사 요원 -특전사-

교육사령부는 말 그대로 군내 교육, 훈련을 담당하는 부대로 육군훈련소와 학생군사학교, 부사관학교, 3사관학교가 예하부대이다.

군수지원사령부는 군수물자 보급과 지원업무를 담당하는 부대이다.

＊ 해군의 메카 진해

해군 수병 중에는 의외로 멋진 군복에 이끌려 해군을 지원한 이들이 많다. 흰색 세일러복에다 과거 장기간 항해로 식수가 부족할 때 빗물을 받기 편하도록 만들어진 원통형 '수병정모'를 쓰고 수병 넥타이인 '네커치프'를 매고 싶은 사람이 그들이다. 해군병으로 지원하면 경남 진해에 있는 해군훈련소에서 가입교 기간 1주일, 기초 군사 훈련 3주를 받고 해군병으로 탄생한다. 기초 군사훈련을 마치면 갑판, 기관, 보급, 병기, 전탐 등 병과별로 후반기 교육을 받아야 한다. 해군병이 훈련받는 진해는 해군훈련소, 해군 사관학교와 같은 교육기관은 물론 해군작전사령부 산하의 잠수함 전단 등이 배치되어 있는 그야말로 해군의 메카, 어머니 같은 곳이다. 일본이 진해만을 동양 제일의 대군항으로 만들기 위해 방사형으로 설계한 철저한 계획도시로 대한제국 말기인 1904년부터 공사가 시작되었다.

일제시대에는 조선 주둔 일본 해군의 중심지였고 광복 이후에도 한국 해군의 본거지로 자리매김하고 있다.

기초훈련과 병과별 교육을 끝내면 전국에 있는 주요 해군기지에 배치된다. 2함대사령부는 경기도 평택, 1함대사령부는 강원도 동해, 3함대사령부는 전남 목포에 있고 해군 작전을 총괄하는 해군작전사령부는 부산 작전기지에 있다.

함대사령부는 각 해역 방어 및 주요 항만을 방호하는 역할을 한다.

2함대는 1999년 6월 북한 해군과 전투가 발생했던 서해 5도를 비롯한 서해, 1함대는 동해, 3함대는 남해와 제주 해역을 맡고 있다.

3함대사령부는 1946
년부터 부산에 있었지
만 기지 재배치 계획에
따라 2007년 11월 15일
목포로 이전하였다. 대
신 부산 3함대 자리에
는 해군 작전을 총괄하

한국 해군의 주역인 7600톤 이지스 구축함인 세종
대왕함 -해군제공-

는 해군작전사령부가 진해에서 부산으로 이동, 배치되었다.

해군작전사령부 산하에는 항만 내 기뢰 설치·제거 등을
담당하는 성분전단, 잠수함전단, P-3C 대잠 초계기 등을 운
용하는 항공전단이 있다.

앞으로 제주 해군기지가 건설되면 제주에서 복무하는
인원도 크게 늘어나게 된다.

2014년까지 건설될 제주 해군기지는 기동함대의 모항이
될 전망이다.

우리 해군 전력의 중추가 될 기동함대는 이지스 구축함
(KD-Ⅲ), 1만4000ton급 대형 상륙함(LPX 독도함), 한국
형 구축함(KD-Ⅱ) 등으로 구성된다.

기동함대는 말레이시아 해상인 말레카 해협 등 남방해역 해상교통로 보호에 큰 역할을 하게 될 전망이다.

❋ 사천에서 시작되는 공군

우리나라에서 공군 조종사를 상징하는 말은 '빨간 마후라'이다. 공군 조종사들이 목 주위에 두르는 '빨간 마후라'는 고 김영환 장군이 1951년 10월 강릉기지 비행단장 (대령) 시절 최초로 착용하였다. 당시 김 대령은 비행기가 추락할 경우 탈출한 조종사를 쉽게 찾기 위해 눈에 잘 띄는 빨간 색 마후라를 선택한 것으로 알려져 있다.

▌ 빨간 마후라의 후예들 -공군 다이만 부대-

그래서 빨간 마후라를 매는 공군 조종사는 대한민국이 유일하다. 공군병이 빨간마후라를 매지는 않지만 공군병도 빨간 마후라의 후예임은 틀림없다. 공군병으로 뽑히면 경남 진주에 있는 공군훈련소에서 6주 동안 기초 군사훈련을 받게 된다. 기초군사훈련을 마치면 병과별로 교육을 받고 자대에 배치된다. 공군에는 9개 전투비행단과 1개 비행전대, 그리고 공군 직할인 혼성비행단과 전술공수비행단, 공군 교육사령부 직할 비행대가 있다.

따라서 공군이 되면 전투비행단이 있는 광주, 원주, 수원, 대구, 예천, 청주, 강릉, 충주, 서산에서 주로 복무하게 된다. 또 공군작전사령부가 있는 오산, 혼성비행단이 있는 성남, 전술공수비행단이 있는 김해도 주요 복무처이다. 공군 중에서도 병과가 방공포라면 주요 산 정상에서 군생활을 할 가능성이 많다. 방공포 병과는 호크, 나이키 같은 지대공 미사일이나 미스트랄, 재블린 같은 휴대용 미사일을 주로 운용하게 된다.

✳ 해병대 제 2의 고향은 포항

해병대를 흔히 '귀신 잡는 해병'이라고 부른다. 그 만큼 훈련도 많고 전투력도 강하다는 것을 의미하는 말이다. 해

해병대에 입대한 재외동포 —성하백 일병(왼쪽)과 허정우 병장

병대를 상징하는 '귀신 잡는 해병'이라는 말은 1950년 한국전쟁 때 탄생했다. 6.25 전쟁이 한창이던 1950년 8월 17일 김성은 장군은 한국 최초로 경남 통영에서 상륙작전을 감행해 북한군 7사단 6백여 명을 섬멸했고 이를 취재한 뉴욕 타임즈 종군기자 '마가렛 히킨즈'는 "They might capture even devil" 이라는 제목으로 한국 해병대의 전과를 알리는 기사를 실었다. 최근 병역을 기피하려는 풍조가 있지만 해병대 지원자 중에는 해병의 이런 전통을 찾는 젊은이들이 적지 않다. 그래서 해병대에는 몇 차례 재수 끝에 해병대에 입대한 사람을 쉽게 찾아볼 수 있다.

특히 외국 영주권자는 35세까지 체류하고 있는 국가에 계속 거주하면 병역의무를 면제받는데도 불구하고 해병대 문을 두드리는 재외동포들이 적지 않다.

해병대 기초군사훈련은 경북 포항에 있는 해병대 교육훈련단에서 실시된다. 매년 4천여 명의 해병이 배출되는 포항은 그래서 해병 출신들에게는 제 2의 고향 같은 곳이다.

포항 형산강 체육공원에서 매년 8월 열리는 '해병인 문화축제'에는 전국 각지에서 모인 예비역 해병들이 한마당 잔치를 벌이기도 한다. 해병대 교육훈련단에서 6주 동안 기초군사교육을 마치면 4주에서 12주간 추가 군사전문교육을 받게 된다. 해병부대는 경북 포항에 1사단, 경기도 김포에 2사단, 백령도에 해병 6여단이 주둔해 있다.

포항 해병대 훈련단을 퇴소하면 포항, 김포, 백령도 3곳중 한 군데서 군생활을 한다고 보면 된다.

☻ 입대 20개월이면 병장을 단다

논산 육군훈련소에서 기초군사훈련을 마치고 강원도 양구에 있는 2사단 자대에 배치됐을 때 말년 고참들이 묻던 말이 있다. "너 언제 제대해?" 이등병을 달고 막 군 생활을 시작한 초임병에게는 제일 고약한 질문이었다. 제대로 대답하지 않으면 경을 칠 게 뻔한 일이라, "1990년입니다"라고 큰소리로 대답하였다. 그러면 고참들은 다시 한마디 했다. "야~ 90년이 오긴 오니?" 당시 고참들의 짓궂은 질문에 똑같은 대답을 반복하는 게 얼마나 괴로웠던지 아마 겪어

본 사람만이 알 것이다. 그러다 어느덧 오지 않을 것 같던 제대가 가까워졌다. 그때 새로 부대에 온 신병에게 "너 언제 제대하니?" 하는 질문을 던져봤다. 머리 깎은 자리가 새파란 신병의 대답은 "1993년입니다"이었다. 아마 그 당시 신병은 "언제 제대하니"라는 질문의 속뜻을 알지 못했을 것이다.

그 말 속에는 30개월의 군 생활을 별 탈 없이 하려면 마음 단단히 먹으라는 뜻이 포함됐다는 걸 나도 고참이 되어서야 알았기 때문이다. "국방부 시계는 거꾸로 매달아도 간다"라는 말이 있다. 마음 단단히 먹고 생활하면 이병, 일병, 상병, 병장으로 진급하고 제대하게 된다는 뜻이다. 육군으로 입대해 5주간 훈련을 마치면 이병 계급장을 달게 된다. 훈련 기간을 포함해 6개월을 복무하면 일병, 일병으로 다시 6개월이 지나면 상병, 상병으로 7개월을 생활하면 병장으로 진급한다. 군 입대 후 20개월째이다.

80년대 군 생활을 할 때는 30개월간 군복무를 했기 때문에 병장을 달고도 열 달을 복무해야 했다. 그래서 병장으로 진급해도 초기에는 상병이 하는 일과 별반 차이가 없었다. 병장으로 진급한 후 6~7개월 정도는 더 생활해야 제대로 된 고참대접을 받을 수 있었다. 하지만 지금은 사정이 많이 달라진 것 같다. 현재는 육군과 해병대 복무 기간이 24개월로 줄어들어서 병장 진급 후 5개월만 더 복무하면 전역하게 된다. 그래서 병장으로 진급한 후 1~2달만 지나면 말년병장 대우를 받게 된다. 군복무 기간이 육군보다 2개월 더 긴 해군은 병장 진급 후 7개월 동안 생활하게 된다. 27개월간 복무하는 공군은 병장으로 진급한 후 9개월 동안 복무해야 제대할 수 있다.

병장진급이 육군이나 해병대에 비해 한 달 빠르기 때문에 병장복무 기간이 육군보다 4개월 더 길다. 그래서 공군에 가면 오대 장성이라는 병장이 제일 흔하다. 부대에 따라서는 모범 병사를 선발해 정상 진급에 비해 1~2개월씩 진급 시기를 앞당겨 주기도 한다. 과거 군 생활을 할 때에도 이런 진급제도가 있었지만 조기 진급자를 본 적은 없다. 그러나 최근에는 달라졌다는 이야기를 자주 듣게 된다.

조기 진급하면 합법적으로 계급장을 빨리 달 수 있고 계급에 맞는 월급을 받을 수 있다. 반대로 '사격 점수 불합격', '군기교육대 입소'처럼 교육훈련이나 내무 생활에 문제가 있는 경우 한두 달 진급이 누락되기도 한다.

😀 이등병 월급은 6만 6천8백 원이다

군에서 야외기동훈련을 하거나 유격훈련 후 백km 행군을 하다 보면 밥 먹기 곤란한 경우가 생긴다. 요즘은 어떨지 몰라도 과거에는 하얀 비닐 봉투에 밥을 담고 휴대용 이동식기인 '반합'에 국을 담아 와서 식사를 했다. 식판도 없이 밥이 담긴 비닐봉투와 반합을 흙바닥이나 현재는 국방일보로 개칭한 전우신문 위에 펼쳐놓고 퍼먹는 모습, 지금 생각해 보면 노숙자 뺨치는 일이었다. 그럴 때 PX(군매점)는 구세주였다.

소시지와 빵, 닭발은 '비닐 봉투' 밥을 먹은 분대원들의 허기를 달래 주고 입을 심심하지 않게 하는 최고의 간식이었다. 1990년 한·미 기동훈련인 팀스피리트 훈련 때는 분대원들과 함께 간식으로 라면상자 한 박스 분량의 과자를 먹어 치웠던 일도 있었다. 그러나 그 당시 사병월급은 만 원이 채 되지 않았다. 알량한 사병월급으로 PX를 자주 이용하기는 어려운 일이었다. 그래서 휴가나 면회 때 부모님이 손에 쥐어 주는 용돈이 있어야 PX 출입이 가능했다. 이런 현상은 요즘도 별반 다르지 않은 것 같다. 군에 입대하면 이병은 6만 6천8백 원, 일병은 7만 2천3백 원, 상병은 8만 원, 병장은 8만 8천6백 원의 월급을 받고 월급 외에 1년에 4백%의 보너스를 받게 된다.

현역병의 급여를 연봉으로 따지면 훈련병에서 일병은 111만 원, 상병에서 병장은 133만 원 정도이다. 그러나 한국국방연구원이 2007년 병사 2천330명을 대상으로 설문

군내 PX 전경 (충성클럽으로 부른다)

조사를 실시한 결과 병사들의 월평균 지출액은 13만 2천 원으로 자신이 받는 월급보다 두 배 가까운 돈을 쓰고 있었다. 답변에 응한 병사 중 81%는 현재 받는 월급이 부족해 집에서 용돈을 갖다 쓴다고 밝혔다. 그래도 6년 전인 2001년 이등병 월급이 14800원에 불과했던 것을 생각하면 사병 월급은 과거에 비해 크게 인상된 셈이다. 3년 전인 2004년에도 이등병 월급은 2만 5600원, 일병은 2만 7800원, 상병 3만 700원, 병장은 3만 4000원으로 2007년과 비교해 38% 수준이었다. 국방부는 연차적으로 사병월급을 20만 원 수준까지

연차적으로 올린다는 계획을 갖고 있다. 2020년이 되면 현역으로 복무하는 장병들이 부모에게 손을 빌리지 않을 수 있을지 자못 궁금하다.

2

병역 따라 잡기

🙂 육군만큼 빡센 전경, 의경

1987년 4월 13일, 당시 전두환 대통령은 대통령 직선제가 아닌 간선제로 대통령을 선출하겠다는 내용의 호헌조치를 발표했다. 6월 10일, 이에 항의하는 전국적인 시위가 발생했고 결국 6월 29일 민정당 대통령 후보였던 노태우 씨가 직선제를 수용함으로써 시위는 막을 내렸다. 3개월 동안 계속되었던 이른바 6월 항쟁이다. 올해는 노무현 대통령까지 참석해 대대적인 기념식을 했지만 20년 전에는 사정이 달랐다. 돌과 화염병으로 무장한 시위대와 경찰이 충돌하면서 서울역과 광화문, 명동 등 서울 시내 곳곳이 전쟁터와 다르지 않았다.

그때 기억이 너무 강렬할 탓일까. 20년이 흘렀는데도 대부분의 시민들은 시위진압을 하는 경찰을 보면 전경이라고

▌경비 중인 기동대 요원

부른다. 시위는 전경이 막고 방범은 의경이 한다는 국민들의 인식은 거의 바뀌지 않았다.

그러나 실상은 다르다. 최근 전경이 시위진압에 투입되는 비율은 10에서 20%에 불과하고 나머지는 의경으로 편성된 기동대가 맡고 있다.

의경 기동대 1개 소대는 32명으로 편성되며 평상시에는 화염병, 쇠파이프, 투석 등 시위에 대비한 훈련을 받게 된다. 기동대는 시위진압을 목적으로 편성된 부대인 만큼 규모가 크고 위험한 시위를 주로 막게 된다. 기동대 외에 의경이 주로 배치되는 부대는 방범순찰대이다. 방범순찰대에 배치되면 파출소 직원 1명, 의경 2~3명이 함께 순찰을 도는 방범활동에 주로 투입된다. 그러나 방범순찰대도 시위가 발생하면 기동대와 마찬가지로 시위 진압에 동원되고 있다. 그래서 시위가 많은 서울이나 울산에 위치한 방범순찰대 업무는 기동대와 별다른 차이가 없다. 의경은 또 거리에서 교통정리를 하거나 범칙금 통지서 발부와 같은 행정 업무에도 일부 투입된다. 의경은 지원을 받아 선발한다.

논산 육군훈련소에서 4주간 기초군사훈련, 경찰학교에서 3주간 경찰 직무 교육을 받은 후 자대에 배치된다. 부대배치는 군 훈련소, 경찰학교 성적에 의해 결정된다. 전경은 시위 진압을 하는 전경 기동대로 배치되는 인원을 제외하고 대부분 경비업무에 투입된다. 고속도로 톨게이트, 주요 국도 검문소에서 만나는 경찰은 전경이라고 보면 된다.

전경대는 또 육군이 주둔하지 않는 제주도, 흑산도, 울릉도, 독도에 대한 경비를 맡고 있다. 독도에는 중기관총으로 무장한 약 30명의 경비대가 일본과 북한 등 주변국의 침입에 대비하고 있다. 섬에 주둔하는 전경대는 육군 해안부대가 하는 경계업무와 큰 차이가 없다. 전경 병력은 육군으로 입대한 현역병 중에서 매년 만여 명을 군번순으로 무작위로 차출하고 있다. 그래서 전방 부대로 입소했던 친구가 가끔 경찰복을 입고 나타나도 놀랄 이유가 없다. 전경으로 차출되면 경찰학교에서 2주간 경찰 기본교육을 받아야 한다.

전경과 의경의 복무 기간은 육군 현역병과 같은 24개월이며 육군과 같은 진급체계를 갖고 있다. 이경과 일경으로 6개월, 상경으로 7개월, 수경으로 5개월간 복무하고 제대하게 된다. 제대 이후엔 병장으로 전역한 것으로 간주한다. 2007년 현재 전경, 의경으로 복무하는 인원은 4만 3천여 명이다.

✻ 해양 전투경찰도 있다.

경찰에 정규경찰을 보조하는 전경, 의경이 있는 것처럼 해양경찰에도 전경이 있다.

해양 전경의 업무는 해상치안 유지이다. 주로 경비함정을 타고 해양경찰관과 함께 불법어선 검문, 불법 중국어선 나포, 항구에 출입하는 선박에 대한 검문, 여객선, 선착장의 안전관리 업무 등을 담당한다. 해양 전경은 해군본부에서 해군병과 동일하게 모집하고 있다.

진해 해군훈련소에서 해군병과 함께 기초군사훈련을 받은 후 훈련소를 퇴소하면 해양경찰청 소속으로 전환된다.

해양경찰청 본부 및 목포, 동해 등 13개 해양 경찰서에서 복무하며 복무 기간은 해군병과 같은 26개월이다.

😊 교도소에서 병역 마치기

"너 콩밥 먹을래" 하면 감옥이 연상되던 시절이 있었다. 죄를 지으면 감옥에 간다는 뜻을 표현하는 말이다. 이 말은 과거 일제시대 감옥에 가면 수형자에게 콩이 섞인 밥을 준 데서 유래한다. 콩밥은 1986년 수형자 주식을 쌀, 보리로 바꾼 이후 사라졌지만 아직도 많은 사람들은 교도소와 콩밥을 연관 지어 생각한다. 그러나 죄가 없어도 교도소나 구치소에서 이른바 '콩밥'을 먹는 사람들이 있다. 재소자를 관리하는 교도관, 경비 업무를 맡는 경비교도대가 그들이다. 이 중 경비교도대는 보호감호소, 구치소, 교도소와 같은 교정시설을 지키면서 군복무를 대신하고 있는 병력이다. 교도소에 면회를 갈 경우 교도소 외곽초소에서 총을 들고 경계를 서는 모습을 볼 수 있을 것이다.

그들을 경비교도대원이라고 생각하면 틀리지 않는다. 법무부 소속으로 3천여 명이 복무하고 있다.

▌ 포항교도소 -경비교도대원 60여 명이 복무한다-

경비교도대는 교도소 외곽순찰, 경비초소 감시, 비상출동 대기, 호송 등의 업무를 맡고 있다. 비상출동 대기는 육군 5분 대기조와 같은 개념으로 재소자들이 난동을 일으키는 경우 출동해서 진압하는 일이다. 평상시에는 진압봉을 들고 출동하지만 최악의 경우엔 총기를 휴대할 수 있다. 호송은 재소자가 검찰 조사나 재판에 출석하기 위해 검찰청, 법원으로 이동할 경우 또는 다른 교정시설로 이송시킬 때 감시하는 일이다. 경비교도대는 비상출동이나 호송 업무에 대비해 평소에는 폭동 진압 훈련, 교봉술 훈련을 받고 있다.

경비교도대 병력은 법무부에서 따로 선발하지 않고 신병훈련을 마친 육군 입대자 중에서 차출하고 있다. 계급은 이교, 일교, 상교, 수교 순으로 진급하고 복무 기간은 육군 현역병과 같다.

😊 긴급 출동 119로 병역 끝내기

지난 2001년 3월 4일, 서울 홍제동 2층 주택에서 화재가 났다. 불이 난 주택은 30년이 지난 노후건물이었다. 당시 소방관들은 5분여 만에 주택에 붙은 불길을 잡았으나 문제는 그다음에 발생했다. 3~4분 뒤 갑자기 사제벽돌로 지어진 주택건물이 '펑'하는 소리와 함께 무너져 내렸고 작업 중이던 소방관 9명이 건물더미에 매몰되어 6명이 숨지고 말았다. 이 사건 이후 소방인력 부족이 사회 문제로 부상하였고 보완책 중 하나로 제시된 게 의무소방대 설치였다. 의무소방대원이 되려면 국어, 국사, 상식 등 간단한 시험을 봐야 한다.

시험에 합격하면 육군훈련소에서 4주간 기초군사훈련, 천안 중앙소방학교에서 4주간 소방 관련 교육을 받은 뒤 일선 소방서에 배치된다.

의무소방대원이 되면 군에 가지 않는 대신 소방서에서 화재현장 질서 유지와 구급업무 보조, 운전 등의 업무를 하고 병역을 마치게 된다.

소화진압 교육을 받는 의무소방대 –소방학교–

복무인원이 천여 명에 불과해 의무소방대는 일반인에게는 비교적 생소한 편이다. 그래도 의무소방대원을 만나고 싶다면 각종 소방관련 행사장을 찾으면 된다. 행사장에서 소방서 캐릭터인 '화동이'로 분장한 사람은 십중팔구 의무소방대원일 가능성이 높다. 이방, 일방, 상방, 수방 순으로 진급하며 복무 기간은 26개월이다.

😊 박지성 선수는 군복무를 면제 받았나?

2002 한·일 월드컵 축구대회. 당시 우리나라 축구 대표팀의 목표는 16강 진출이었다. 언론과 국민들의 관심은 첫 경기에서 폴란드를 꺾을 수 있을까였다. 그러나 한국 팀은 폴란드에 2대 0으로 승리를 거둔 것을 시작으로 이탈리아.

스페인을 차례로 물리치고 4강까지 진출했다. 예상하지 못했던 우리 대표 팀의 선전에 대한민국 전체가 열광의 도가니에 빠져 들었다. 2002년 6월 서울시청 앞 광장부터 광화문까지 가득 메웠던 붉은 물결을 생각해 보면 이를 쉽게 기억할 것이다.

이때 올림픽 메달리스트나 아시안 게임 금메달리스트에게 주는 병역 혜택을 월드컵 축구 대표팀에게도 주는 게 좋겠다는 이야기가 나오기 시작하였다. 이후 여론은 병역 혜택을 주자는 쪽으로 급속하게 흘러갔고 마침내 병역법 시행령이 개정되었다. 그 내용은 월드컵축구대회에서 16위 이상의 성적을 거둔 사람도 예술, 체육 공익근무요원이 될 수 있도록 하는 것이었다.

이 조항에 근거해 월드컵 축구대회에 출전했던 박지성, 설기현, 이영표, 차두리, 안정환, 최태욱, 김남일, 송종국, 이천수, 현영민 선수가 체육 분야 공익요원으로 선발되었다.

그러나 명칭은 거창한 공익근무요원이지만 선수로 활동하는데 전혀 제약이 없었다. 2002년 월드컵에 출전하지 못했던 이동국 선수가 상무에서 2년간 복무하고 있을 때 박지성 선수는 네덜란드 무대를 거쳐 영국 프로축구 무대에 진출하였다. 이처럼 선수생활이 가능한 이유는 체육공익요원이 되는 규정에 해당 분야에서 종사하면 된다는 말이 있기 때문

박지성 선수와 손학규 전 경기지사 -손학규 공보팀-

이다. 축구선수에게는 한국 프로축구 무대, 영국 프리미어리그는 모두 해당 분야가 된다. 박지성 선수가 법적으로 병역을 면제받은 것은 아니지만 해외에 자유롭게 진출할 수 있었고 수억 원의 연봉도 그대로 받은 만큼 병역을 면제받은 것과 결과는 같았다.

예술, 체육 분야 공익요원이 되면 4주간 군사훈련을 마치고 훈련 기간을 포함해 34개월 동안 해당 분야에 종사하게 된다. 현재 예술, 체육 공익요원으로 복무하면서 병역의무를 대신하고 있는 사람은 130여 명이다. 아시안 게임 금메달리스트, 올림픽 대회 동메달 이상 획득자, 월드컵 축구대회 16위 이상 입상자, 월드베이스볼 클래식 대회 4강 진출자가 체육 분야 공익요원 선발대상이다. 예술 분야 공익요원은 병무청장이 정하는 국제경연대회 2위 입상자, 국내경연대회 1위 입상자, 중요무형문화재로 5년 이상 전수교육을 이수하고 병무청장이 정하는 분야에서 자격을 얻으면 선발된다.

✳ 행정관서 공익근무, 국제협력봉사요원도 있다

징병검사에서 4급 보충역 판정을 받으면 행정관서 공익요원으로 복무하게 된다. 정부부처나 국회, 지방자치단체, 공공단체, 사회복지시설에서 서류정리, 행정서류 발급, 산불감시, 주차 단속, 쓰레기 투기 단속, 지하철 안내 등 각종 행정업무와 봉사업무를 담당한다. 현재 복무인원은 5만 천여 명이다. 군사훈련 기간 4주를 포함해 26개월 동안 복무한다.

국제협력봉사요원은 개발도상국가에 파견돼 일정 기간 봉사활동을 하고 병역의무를 마치는 제도다. 2년간의 해외 체류 기간을 포함해 30개월간 복무한다.

😊 전설이 된 '송추 방위'

1980년대 후반부터 1990년대 중반에 군 생활을 한 사람들은 '송추 방위' '금곡 방위' 하면 쉽게 기억이 날 것이다. '송추 방위' '금곡 방위'는 1990년대 초·중반까지 서울 주변 동원사단에 방위병으로만 편성된 부대를 일컫던 말로 당시 방위병 사이에서는 힘들기로 유명한 곳이었다. 이 부대는 군훈련 중 가장 어렵다는 백km 행군, 유격훈련을 현역병과 똑같이 실시하고 방위병 간 군기도 엄하기로 소문났다.

그래서 은평구, 서대문구, 의정부시에서 방위병 판정을 받은 사람은 '송추 방위', '금곡 방위' 부대에 배치되면 사색이 되는 일이 비일비재하였다. 과거 '송추 방위', '금곡 방위'는 방위병의 복무 형태로 보면 예외에 속했다. 당시 방위병은 6개월에서 18개월만 복무하면 돼 30개월을 복무하던 현역병들의 부러움을 샀다. 거기다 방위병이 하는 일도 동사무소에서 예비군 훈련 소집 통지서를 돌리거나 예비군 훈련 교장 관리처럼 상대적으로 편한 게 많았다.

한 시대를 상징했던 '방위병' 제도가 1994년 12월 31일 폐지되면서 유명했던 '송추 방위', '금곡 방위'도 이제 기억 속에만 남아 있게 되었다. 현재 과거 방위병이 하던 업무는 대부분 '상근 예비역'이 담당하고 있다. 상근 예비역은 기초군사훈련을 받을 때만 현역 신분을 유지하고 훈련을 마치면 예비역 신분으로 전환되는 복무제도이다. 상근 예비역이 되면 향토방위 사단 위병소 근무, 무기고 관리, 무기 손질, 예비군 교육훈련에 필요한 조직편성, 통지서전달, 교육정리 같은 향토방위, PX관리병 등의 업무를 맡게 된다.

무기 손질은 예비군이 사용하는 무기나 각종 군장비를 손질해 예비군이 입소할 경우 즉시 사용할 수 있도록 준비하는 업무이다. 해안가 지역에서 상근 예비역으로 선발될 경우 대부분 해안경계근무를 서야 한다. 해안경계, 무기고 경계병의 경우는 야간. 주간 조가 따로 편성되어 순환근무를 하게 된다.

야간조가 되면 낮에 자고 밤에 출근해서 경계근무를 서야 한다. 철책선 365마일 전역에서 야간에 집중적으로 경계근무를 서고 주간에 자는 복무형태와 다름없다. 군사 훈련 강도는 현역보다 약하지만 대대종합전술 훈련과 혹한기 훈련. 유격훈련은 1년에 한 번씩 받아야 한다. 복무 기간은 현역병과 같은 24개월이다.

😃 조류독감 때문에 생긴 병역제도가 있다

1997년 홍콩에서 조류독감에 감염된 환자 18명이 발생해 이 중 6명이 사망한 일이 있었다. 그때 전 세계 사람들이 충격을 받은 이유는 조류독감의 감염 경로가 철새라는 사실이었다.

당시 학자들은 중국 대륙에서 이동하던 철새가 고병원성 조류 인플루엔자를 전파시켰고 조류독감에 걸린 닭과 오리를 먹은 사람들이 조류독감에 걸렸다는 사실을 밝혀냈다. 하늘을 자유롭게 날아다니는 철새를 모두 잡을 수도 없고 보통 골치 아픈 일이 아니었다. 전 세계를 발칵 뒤집

▌ 조류 인플루엔자 방역 모습

어 놓았던 조류독감은 2003년 우리나라에 상륙했다. 당시 방역당국은 조류독감 발생농장뿐만 아니라 3㎞ 이내의 닭이나 오리, 달걀을 전부 폐기하는 등 비상조치를 취하였지만 문제는 인력이 턱없이 부족하다는 점이었다.

조류독감뿐 아니었다. 돼지는 구제역, 소나 돼지에게는 브루셀라병이 잇따라 발생하면서 일선 농어촌 시군의 수의사 부족문제를 시급히 해결해야 한다는 압력이 높아졌다. 농림부는 해결책으로 공익수의사제를 제안하였다. 수의사 중 일부를 3년 동안 방역과 검역 업무에 종사하고 병역을 마치도록 하는 제도였다. 공익수의사가 되면 육군 중위 대우를 받게 되며 2007년 124명이 처음 선발되었다.

공익수의사제 탄생 과정을 보면 과거 의무소방대가 탄생될 때와 비슷한 경로를 거쳤다는 것을 알 수 있다. 차이가 있다면 의무소방대는 사람이 불을 낸 것이 원인이었지만 공익수의사는 철새, 돼지, 소처럼 동물의 힘이 결정적인 작용을 했다는 점이다.

🐮 시골 의사 선생님은 군복무 중입니다.

보건소는 지역 주민들의 건강을 지키는 보루 역할을 하는 곳으로 전염병 예방과 모자보건, 의원, 병원에 대한 관리 감독업무를 담당하고 있다. 정부는 진료업무, 의료행정, 건강사업 등을 고려하여 의사가 보건소장을 맡도록 하였다. 그러나 전국에 있는 248개 보건소 중 의사가 보건소장으로 재직하고 있는 곳은 121개에 불과하다. 서울과 수도권 도시, 광역시는 사정이 낫지만 농어촌과 중소도시에서

▌ 고양시 덕양구 보건소 전경

의사를 보건소장으로 채용하기는 여간 어렵지 않다.

이런 공백을 그동안 의료취약 지역에서 의사로 3년간 일하고 병역의무를 대신하는 공중보건의가 메워 왔다. 공중보건의사는 농어촌 보건소, 읍, 면에 있는 보건지소와 보건진료소, 국공립 의료기관에서 3년간 복무하고 병역의무를 마치는 제도이다. 공중보건의제가 처음 시작된 것은 1979년이었다. 그동안 공중보건의는 의료 여건이 취약한 농어촌, 낙도 지역에서 주민들의 건강을 지키는 파수꾼 역할을 해왔다. 공중보건의는 병역의무를 마치지 않은 의사와 한의사, 치과의사 자격증 소지자 중에서 선발하고 있다. 2007년 선발된 인원은 1530명이다. 공중보건의 소집명령이 나오면 논산 육군훈련소에서 4주간 기초군사훈련을 받고 보건소나 보건지소, 보건진료소 등에 배치된다. 그러나 앞으로 농어촌에서 의사를 만나기는 지금보다 훨씬 어려워질 것 같다.

의학전문대학원 체제가 도입되면서 군대에 갔다 오지 않은 남자 의사가 급속히 줄어들고 있기 때문이다. 공중보건의와 유사한 제도로 징병전담의사와 국제협력의사가 있다. 병무청 소속인 징병전담의사는 징병검사 업무를 전담하고 군복무를 마치는 제도이다. 국제협력의사는 의료사정이 취약한 개발도상국가에 파견돼 의료봉사활동을 하는 의사이다. 매년 10명 정도가 국제교류협력재단 소속으로 해외에 파견된다.

징병전담의사와 국제협력의사 모두 3년간 봉사하면 공익근무요원 복무를 마친 것으로 간주한다. 공중보건의, 징병전담의사, 국제협력의사는 육군 중위나 대위에 준하는 대우를 받는다. 인턴과정을 마쳤으면 중위, 전문의 자격을 취득한 의사는 육군 대위에 준해 월급을 받고 있다.

개편되는 병역

😊 현역병 복무 기간이 18개월로 줄어든다

2007년 2월 정부는 병역제도 개편 계획을 발표했다. 이 계획의 핵심은 현역병 복무 기간을 2014년까지 단계적으로 6개월 줄인다는 내용이다. 이에 따라 현재 24개월을 복무하는 육군과 해병대의 복무 기간은 18개월로 줄어들게 된다. 26개월을 복무하는 해군은 20개월로, 27개월을 복무하는 공군은 21개월로 줄어든다. 복무 기간 단축 조치는 2006년 1월 입대자부터 적용될 예정이다. 2010년 12월까지 입대하는 사람은 1년에 18일씩 복무 기간이 단축되게 되고 2011년 1월부터 2014년 7월까지 입대한 사람은 매년 26일씩 복무 기간이 줄어들게 된다. 이처럼 단계적 감축 조치를 거쳐 2014년 7월 26일 이후 입대자는 18개월만 복무하면 된다.

입대 연도	2006	2007	2008	2009	2010	2011	2012	2013	2014
단축기간 (일)	1~18	19~35	36~52	53~70	71~87	88~113	114~139	140~165	166~180

복무 기간 단축은 군 구조개편계획에 의해 현재 67만 4천 명인 군 병력이 2020년까지 50만 명으로 감축되기 때문에 가능하다. 이 계획에 따라 54만 천 명인 육군 병력은 37만 천 명으로, 6만 8천 명인 해군은 6만 4천 명으로 줄어들게 된다. 대신 공군은 6만 5000명이 그대로 유지된다. 현재 계획대로라면 육군 병력이 집중적으로 줄어든다.

병력감축에 따라 2020년까지 전방 군단 2개와 후방 군단 2개가 통폐합되고 현재 47개인 사단수도 절반으로 줄어든다. 국방부는 2020년까지 군인력 구조를 장교 7만 명, 부사관 13만 5천 명, 현역병 29만 5천 명으로 재편할 계획이다. 국방부 방침대로라면 한국군은 앞으로 장교와 부사관이 41%, 현역병이 59%를 차지하는 간부 위주의 선진국형 군대가 된다. 병력이 줄어든다고 군사력이 약화되는 것은 아니다.

육군은 차기전차 XK-2, K-9 자주포, 다련장포 등 화력과 기동력을 갖춘 기계화 부대 위주로 군을 개편할 방침이다.

| 아시아 최대 상륙함정인 독도함 -해군-

해군은 이지스급 구축함인 '세종대왕함'과 214급 잠수함, '독도함'을 주축으로 하는 기동전단을 창설하여 전투력을 배가한다는 방침을 세워두고 있다. 공군 역시 한국 공군의 차세대 전투기인 F-15K를 도입해 한반도 전 지역과 중국, 일본 일부를 작전권역으로 한다는 계획이다.

😊 유급지원병제가 도입된다.

국방부는 의무 복무 기간을 18개월로 줄일 경우 생기는 전투력 공백을 보완하기 위해 '유급지원병제'를 실시하기로 하였다. 유급지원병으로 선발되면 18개월간 의무복무를 마친 후 6개월에서 18개월간 일정한 급여를 받고 군 생활을 더 하게 된다. 국방부가 유급지원병제를 도입하기로 한 것은 전투력 공백 때문이다. 국방부에 따르면 통상 군에 입대한 후 보병은 9개월, 포병은 11개월, 통신병은 12개월, 기갑병은 15개월이 지나야 최상의 전투력을 갖출 수 있다.

정부 계획대로 의무복무 기간이 18개월로 줄면 전투력 유지에 문제가 생길 우려가 있다는 게 국방부의 설명이다. 유급지원병에는 두 가지 종류가 있다. 하나는 '전투기술 숙련병'이고 다른 하나는 '첨단장비 운용 전문병'이다. 전투, 기술 숙련병이 맡게 될 임무는 분대장과 레이더병, 정비병으로 의무복무를 마친 후 6개월에서 18개월 동안 추가로 복무하게 된다. 첨단장비운용 전문병은 우리 군의 주력 무기인 차기전차 X-K2, K-9 자주포, KDX3 구축함을 다루는 일을 맡게 된다.

▍유급 지원병이 다룰 차기 전차 X-K2 흑표

군에 입대할 때부터 의무복무 18개월을 포함해 총 3년을 복무하기로 약정을 맺고 입대하게 된다. 유급지원병의 계급은 병장 내지 하사. 예상 월급은 120만 원으로 연봉으로 치면 1440만 원 정도이다. 국방부는 2008년 1월 유급지원병 2000명을 뽑아 시범 운영하고 2020년까지 4만 명의 유급 지원병을 유지할 계획이다. 유급지원병은 장기적으로 모병제로 갈 수 있는 기반이 될 것으로 전망된다.

😎 열외 없는 병역, '사회복무제'가 실시된다

'사회복무제'는 병역의무를 이행하는 데 예외가 없도록 하자는 목표로 2008년 새로 도입될 예정이다. 사회봉사요원이 되면 양로원이나 고아원 같은 사회복지시설에서 봉사활동을 하거나 산불감시, 쓰레기 투기 감시 같은 업무를 담당하게 된다.

기존의 '공익근무요원제'가 행정관청에서 행정보조를 주로 하는 데 비해 '사회복무제'는 사회봉사 비중을 대폭 늘렸다. '사회복무제'는 프랑스, 독일, 이탈리아 등 서유럽국가들의 제도를 본뜬 것이다. 프랑스, 이탈리아가 징병제를 시행할 때 군대 대신 고아원, 양로원, 병원, 학교 등에서 봉사활동을 하고 병역의무를 대신하게 하는 경우가 있었다.

현재 징병제를 유지하고 있는 독일도 이 같은 형태의 사회복무제를 실시하고 있다. 유럽국가의 사회복지수준이 높아진 이유가 과거 대체복무제로 사회봉사인력을 충분히 확보했기 때문에 가능했다는 분석도 있다. 그래서 한때는 서유럽 국가들이 징병제를 폐지할 때 대체복무를 통해 인력을 충당했던 교회 소속 사회복지시설에서 징병제 폐지를 반대했다는 설이 나돌기도 했었다. 앞으로 징병검사에서 4급 보충역과 5급 제2국민역 판정을 받으면 사회봉사요원 복무를 해야 한다. 그동안 병역이 면제되던 중학교 중퇴자와 귀화자, 혼혈인, 고아, 1년 6개월 이상 복역한 사람, 손가락 장애자, 인공수정체 안구를 가진 사람도 모두 복무 대상이다.

병역이 면제되는 사람은 중증 장애인과 정신질환자 정도다. 2009년부터는 원하는 여성도 사회복무를 할 수 있을 전망이다. 현재 보충역 근무에 속하는 공중보건의, 전문연구원, 국제협력요원, 예술체육요원은 '사회복무제'로 편입되어 존속된다. 사회봉사요원이 되면 2주간 기초군사훈련, 2~3주간 직무 교육을 받은 후 배치된다.

출퇴근을 하는 게 원칙이지만 업무에 따라서는 합숙 복무도 가능하다. 복무 기간은 육군 현역병보다 업무가 쉽다는 점을 고려하여 육군보다 4개월 긴 22개월로 정했다. 병무청은 2008년 만 9천 명의 사회봉사요원을 선발하고 연차적으로 늘려 나갈 계획이다.

☺ 전경, 의경제도가 폐지된다.

전경과 의경 복무는 현역 육군 복무 못지않게 힘들다는 게 대체적인 평가이다. 시위가 계속되면 전·의경 기동대원들은 식사도 제대로 못하고 잠도 충분히 자지 못한 채 시위진압에 투입되어야 한다. 상, 하급자 간 내무반 생활도 육군보다 오히려 힘들다는 하소연이 많다. 그러나 이런 불평도 조만간 추억으로 사라질 가능성이 커지고 있다. 정부는 2012년까지 전경, 의경, 교도소 경비 병력인 경비교도대, 소방 보조 인력인 의무소방대를 모두 폐지하기로 하였다. 정부가 전·의경, 경비교도대, 의무소방대를 폐지하기로 한 것은 두 가지 이유에서다. 첫째는 제도 도입 취지와 다르게 병력이 운용되고 있다는 것이다. 대간첩작전을 목적으로 설치된 전경과 경찰 보조 업무를 하도록 한 의경이 시위진압에 주로 투입되면서 설치목적에서 벗어났다는 판단이다. 두 번째는 시대변화에 맞춰 제도 자체를 정비할 필요가 생겼다는 것이다.

예를 들어 경비교도대 병력을 폐지하는 대신 무인경비

시스템을 확충하는 게 효과적이라는 게 정부의 설명이다. 전경, 의경, 경비교도대 폐지로 예상되는 인력 부족에 대해서는 정규직 경찰과 교도대원 1만 5천 명을 더 뽑고 경비 시스템을 강화해 해

라오스에서 봉사활동을 하고 있는 국제협력요원
－2008년부터는 사회봉사요원으로 편입된다－

결하기로 하였다. 현재 전경과 의경, 경비교도대원으로 복무하는 병력은 4만 7천여 명이다. 정부는 전경, 의경, 경비교도대를 폐지하는 대신 정규직 경찰과 교도대원 만 5천 명을 더 뽑는다는 계획이지만 이를 위해서는 막대한 예산이 필요하다. 정규직 경찰, 교도대원 증원이 정상적으로 이루어지지 않으면 전경, 의경 폐지는 어려울 것이다. 일부에서는 직업 공무원인 경찰이 전·의경이 하던 대로 시위진압 최일선에서 방패를 들고 진압업무를 맡기에는 적당치 않기 때문에 전경, 의경제 폐지는 어렵다는 주장을 하고 있다. 전경, 의경이 정부 계획대로 2012년에 폐지될 수 있을지 궁금하다.

4

병역 궁금증 풀어보기

😊 병역의무는 남자에게만 있다

2005년 8월. 당시 18세 여고생이던 고 모 씨는 남성에게만 병역의무를 규정한 병역법 3조에 대해 헌법소원을 청구하였다. 국방의 의무를 다하려는 대다수의 대한민국 여자들을 법률로 제한하는 것은 부당하며 여성에게도 병역의무를 부과하는 게 양성평등을 구현하는 길이라는 게 고 씨의 청구 이유였다. 헌법소원 청구 사실이 알려지면서 고 씨는 즉각 화제의 인물로 떠올랐다. 고 씨는 언론과의 인터뷰에서 "여자를 군대에 보내지 않는 것은 이해가 되지 않으며 남, 여 모두 1년씩 군대에 다녀와야 한다"고 주장하였다. 고 씨가 문제가 있다고 본 것은 병역법 3조와 헌법 39조 1항과의 관계였다. 병역법 3조에 따르면 '대한민국 국민인 남자는 헌법과 이 법이 정하는 바에 따라 병역의무를 성실히 수행하여야 한다. 여자는 지원에 의하여 현역에 한하여

▌ 이스라엘 여군 — 한국과 달리 여성에게도 병역의무가 있다.

복무할 수 있다'고 되어 있다.

　이 규정이 남자에게만 병역의무가 부과되는 근거 조항이다. 그렇지만 헌법 39조 1항에서는 '모든 국민은 법률이 정하는 바에 의하여 국방의 의무를 진다'라고 되어 있다. 고 씨는 헌법에서는 국방의무를 이행하는 데 있어 남, 여를 구분하지 않고 있는데도 하위법인 병역법에서 남성에게만 병역의무를 부과하는 것은 문제가 있다고 보았다.

　대한민국 남성에게 병역의무가 부과된 것은 59년 전이다. 1949년 8월 15일 정부는 병역법을 제정, 공포하였고 이에 근거해 1950년 1월 6일 첫 징병검사가 실시되었다. 그러나 징병제는 2달 만에 막을 내렸다. 당시 미국은 한국의 군병력을 10만 명으로 제한했고 미국의 군사원조 없이는 군대를 유지할 길이 없었던 이승만 정부는 징병제를 포기하고 지원병제로 병력을 충당하였다. 징병제가 다시 부활된 계기는 6·25 전쟁이었다.

전쟁 초기 연이은 패배로 낙동강 전선까지 후퇴했을 때 남아 있는 국군 병력은 최초 인원의 45%에 불과할 정도로 병력부족이 심각했다. 정부는 급한 대로 제2 국민병을 소집해 병력을 보충했고 중공군의 참전으로 전세가 다시 불리해지자 1950년 12월 21일 국민방위군 설치법을 제정하여 청년층을 대대적으로 동원하였다. 전황이 교착상태에 빠지자 정부는 안정적인 병력보충을 위해 1951년 5월 병역법을 개정해 성인 남성에게 병역의무를 전면적으로 부과하였다.

남성이 전면적인 병역의무를 진 지 거의 60년이 다 되어가고 있지만 징병제에 대한 논란은 여전히 진행 중이다. 고씨처럼 남. 여 공동병역제를 주장하며 헌법소원을 내는 사람이 있는가 하면 여성단체측에서는 현재 사회가 남성 위주로 이루어져 있는 만큼 여성이 병역의무를 지는 것을 받아들일 수 없다는 입장이다. 이런 논란과 논쟁은 필요하다고 본다. 헌법상 국민 모두에게 국방의 의무를 부과하는 있다는 점을 고려하면 여성도 당연히 이 논쟁에 참여해야 한다. 그래야만 대한민국 군대는 국민들로부터 군대로서의 존재 이유와 본질을 되찾을 수 있을 것이다.

😊 여성에게 병역의무가 없는 이유는

2007년 2월 원주 공군 기지에서는 첫 여성 전투기 편대장 탄생을 축하하는 행사가 열렸다. 전투기 편대는 4대의 전투기로 구성되는 공군 작전의 기본 단위로 편대장은 직접 전투기를 조종하면서 나머지 3대의 전투기를 지휘하는 역할을 수행해야 하기 때문에 고도의 집중력과 지휘능력을 갖추어야 한다. 첫 여성 전투기 편대장이 된 사람은 박지원 대위였다. 박 대위가 편대장이 된 것은 1997년 첫 여성 생도로 공군 사관학교에 입교한 지 10년, 2002년 첫 여성 전투기 조종사가 된 지 5년 만의 일이었다.

현재 군에는 박지원 대위와 같은 여성 장교와 부사관 4400여 명이 복무하고 있다. 여군이 배치되는 곳도 다양하다. 육군은 포병, 기갑, 방공 등을 제외한 대부분 병과에, 해군은 2001년부터 일반 함정 승선이 허용되고 있다. 공군은 공사출신 여성 조종사만 20여 명이 넘을 정도로 여군의 활약이 눈부시다.

▌ 비행을 마친 박지원 대위 -공군-

매년 육사, 해사, 공사를 졸업하고 군의 핵심간부로 성장하는 여군 장교만 50~60명이다. 여군의 활약을 고려하면 여성들도 충분히 병역의무를 이행할 수 있는 능력과 체력을 갖추고 있다. 체력이 문제라면 남성은 징병검사 1~3등급 판정자를, 여성은 1~2등급 판정자를 현역병으로 입대시키면 격차를 보완할 수 있다. 아니면 이스라엘처럼 남녀 간 복무 기간을 다르게 설정하거나 복무지를 조정하면 된다. 그럼에도 불구하고 여성에게 병역의무를 부과하지 않고 있는 이유는 사회 구성원 간의 합의라고 봐야 할 것이다.

사회구성원들이 출산이나 자녀양육 등 여러 측면을 고려할 때 여성에게는 병역의무를 부과하지 않는 게 좋겠다는 결론을 내린 것이다. 그런데 지난 몇 년간 여성도 병역의무를 이행해야 한다는 주장이 부쩍 힘을 얻고 있다. 이런 현상이 빚어진 이유는 군대에 다녀온 남성들의 노고를 과소평가하고 있는 사회 분위기 탓이 원인이 아닐까 한다. 그동안 군대에 가지 않은 대다수 여성들과 군 생활을 쉽게 한 사회 지도층 인사들이 방송에 나와 군복무가 아무것도 아니라는 투의 발언을 서슴지 않는 사례가 자주 있었다. 나름대로 2년간 청춘을 바치고 사회로 돌아왔건만 군대 갔다 온 게 아무 것도 아니라고 하니 "그럼 너희들도 한 번 가봐라"라고 하는 게 여성도 군대에 보내자는 사람들의 속마음일 것이다.

🐾 여군 ROTC(학군장교)는 가능한가

현재 남자 대학생만 선발하는 학군장교(ROTC)를 여대생에게도 개방하자는 법안 때문에 한동안 인터넷 게시판이 뜨거웠다. 논란이 촉발된 계기는 한나라당 전여옥 의원이 낸 학생군사교육실시에 관한 법률안이었다. 이 법안의 핵심은 ROTC 교육대상자를 선발할 때 남녀를 구분하지 않되 선발비율은 국방부장관이 정해 여성 학군장교 후보생을 뽑자는 것이었다. 학군장교는 대학 3, 4학년 2년간 군사교육을 받고 졸업 후 소위로 임관되는 제도이다. 학군장교 양성을 위해 전국 97개 4년제 대학에는 흔히 학군단이라고 부르는 학생군사교육단이 설치되어 있다. 91개 학군단에서는 육군 장교를, 한국항공대, 한서대에서는 공군 장교, 한국해양대, 목포해양대, 부경대는 해군장교를, 제주대는 해병대 학군장교를 각각 양성하고 있다. 1년에 임관되는 학군장교는 3천7백여 명으로 육군이 3400여 명, 해군, 해병대. 공군 장교가 3백여 명이다.

▌ 입영훈련 입소식 장면 –학생군사교육단–

3천7백 명이 넘는 장교 중에 여성이 없는 게 이상할 수 있지만 속사정을 따져보면 그렇게 볼 일만은 아니다. 학군단은 일부를 제외하고 장기복무를 원하는 장교를 양성하는 기관은 아니다. 그래서 학군단에서 양성된 학군장교의 의무복무 기간은 장교 중에 가장 짧은 30개월이다.

육사, 해사, 공사 졸업자는 5년, 2년 과정의 3사관학교 졸업자는 6년, 4년제 대학을 마친 학사장교는 훈련 기간을 포함하면 40개월을 복무하는 것에 비하면 최소 10개월 이상 짧다. 학군장교 출신들은 30개월의 의무복무 기간을 마치면 대부분 전역하고 있다.

군에서도 매년 3700명씩 배출되는 학군장교 전부를 장기복무자로 받아들일 여력이 없다. 여성 학군장교를 뽑자는 주장도 이런 측면에서 살펴봐야 한다. 국방부는 2020년까지 여군을 전체 간부 인력의 7%까지 확충할 계획이다. 일부에서는 미군에서 여군이 차지하는 비율이 14%라며 이 목표치가 지나치게 낮다고 주장하고 있다. 그러나 미군은 사병으로 여성이 복무할 수 있지만 한국군은 사병으로 여성이 복무할 수 없고 장교, 부사관 복무만 가능하다. 우리 군에서 징집병이 차지하는 비중은 거의 80%이다. 그런 상황에서 간부로만 이루어진 여군 비중을 높이면 배치할 곳이 마땅치 않게 된다. 학군단을 여성에게 개방해 학군장교를 선발하면 그 숫자만큼 4년제 대졸자를 대상으로 선발하는 여군사관, 해군, 공군 사관후보생은 줄어들게 된다.

최근 여대생들이 군대에 가려는 목적은 30개월 동안 복무하고 제대하는 게 아니라 평생 직업으로 삼기 위해서다. 그런 측면에서 단기복무 장교를 양성이 목적인 학군단을 여성에게 개방하기보다는 여군 학사장교 선발 인원을 늘리는 게 더 나은 방법이라고 할 것이다.

😊 가수 '싸이'가 현역 입영 위기에 처한 이유

산업기능요원과 전문연구요원은 군에 가지 않는 대신 산업체나 연구원에서 일정 기간 근무하고 병역을 마치는 제도이다. 산업기능요원은 지정된 업체에서 기술, 기능인력으로 26개월에서 34개월간, 전문연구요원은 국공립연구소, 기업체 연구소, 지정업체로 선정된 자연계 대학원에서 3년간 근무하면 병역의무를 마친 것으로 간주한다.

산업기능요원은 기능, 기술 인력을 산업체에 지원해 국가 산업 육성에 도움을 주기 위해 도입된 제도로 과거에는 특례 보충역으로 불리기도 하였다. 전문연구요원은 이공계 전문인력이 공백 기간 없이 연구를 계속할 수 있게 함으로써 국가 과학기술의 발전을 도모하자는 취지에서 도입되었다. 산업기능요원과 전문연구요원 모두 정상적인 급여와 사회생활을 하면서 병역의무를 끝낼 수 있다는 점에서 인기가 높다. 그렇지만 그만큼 병역비리가 발생할 가능성도 높다.

2007년 상반기 터진 가수 '싸이'의 병역비리 파문이 바로 대표적인 사례이다. 가수 싸이(본명 박재상)는 2003년 서울 강남에 있는 한 병역특례업체에서 소프트웨어 개발 분야 산업기능요원으로 일하고 2005년 소집해제 되어 사회로 복귀하였다. 그러나 가수 싸이는 복무 기간 중인 2003년 1월부터 2005년 11월까지 56차례 공연을 하였고 직접 소프트웨어 프로그램을 짤 기술을 갖지 못했다는 사실이 드러나면서 충격을 주었다.

현행 병역법에는 전문연구요원과 산업기능요원이 부실하게 근무하면 전문연구요원과 산업기능요원의 편입을 취소하고 현역병이나 공익근무요원으로 복무하도록 하는 조항이 있다. 병무청은 이 법에 근거해 가수 싸이에게 현역병 입영을 통지하였고 싸이는 현역병 입영을 피하기 위해 행정소송을 제기했다.

행정소송에서 패소하면 싸이는 논산 육군훈련소에 현역병으로 입대해 5주간 신병교육부터 다시 받고 20개월을 복무해야 한다. 쌍둥이 아빠 30세 싸이가 20대 초반 어린 동

생들과 군 생활을 해야 하는
건 분명히 쉬운 일이 아님은
분명하다. 그렇지만 싸이의 부
실복무, 재입대 처분, 불복 행
정소송을 보면서 씁쓸한 기분
을 지우기 어렵다. 돈 있고 연
줄이 있으면 군대에 가지 않는
사회, 그래서 힘없고 돈 없는

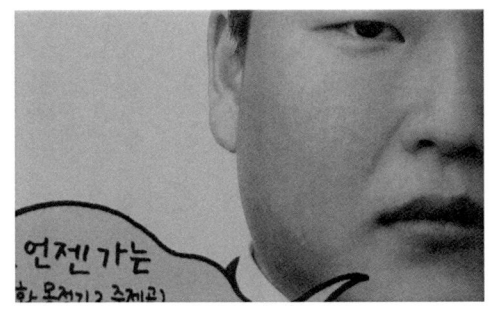

▌가수 싸이 - 앨범 타이틀

남성만 군대를 가는 게 과거 우리 사회의 자화상이 아닌
가? 싸이의 그런 모습은 결코 낯설지 않다. 가수 싸이가
지금도 재수가 없어서 걸렸다고 생각하고 있는 것은 아닌
지 궁금하다.

😊 인기스타 유승준, 국내 공연을 할 수 없는 까닭은

'열정' '비전' '사랑해 누나'와 같은 히트곡으로 유명한 2
천 년 최고의 인기가수 유승준. 그리 크지 않지만 특유의
근육질 몸매와 가창력으로 여성 팬들의 사랑을 한 몸에 받
았고 가수로 성공한 이후에는 삼성전자 컴퓨터 광고 모델
로도 화려하게 등장하였다. 그러던 유승준 씨는 2002년 1
월 한국 무대에서 돌연 사라졌다.

가수 유승준 −5집 앨범 타이틀 모습

벌써 6년이 다 되어 간다. 그렇다고 유승준 씨가 가수 활동을 중단한 것도 아니다.

유승준 씨는 2007년 8월 중국에서 백혈병 어린이 돕기 자선 공연을 가진 데 이어 아시아판 7집 음반을 준비하는 등 예전과 못지 않게 활발하게 활동하고 있다. 유승준 씨가 한국 땅을 밟지 못하고 있는 것은 병역문제 때문이다. 2001년 유승준 씨는 징병검사에서 4급 보충역 판정을 받고 2002년 2월부터 공익근무요원으로 복무할 예정이었다. 그러나 유 씨는 공익근무요원 복무를 한 달 앞둔 2002년 1월 미국으로 출국했고 미국에서 시민권을 취득하였다. 법적으로 미국 사람이 된 유승준이 더 이상 공익근무요원으로 복무할 필요는 없었다. 조기 유학생, 이민자로서의 초기 실패를 딛고 귀국해 성공한 유승준은 틈 날 때마다 군에 입대해 대한민국 국민으로서의 의무를 충실히 이행하겠다고 공언하였다. 유승준의 성실한 모습과 국방의무에 대한 공언은 신선한 충격이었고 믿음이었다. 그랬던 유승준이 미국으로 출국하는 모습을 본 국민들의 배신감은 상상 이상으로 컸다.

2007년 상반기 한 케이블 방송사가 중국에서 활동하고 있는 유승준을 단독 인터뷰한 적이 있다. 유 씨는 그 자리에서 국내 팬들에게 안부를 전한다는 말로 국내에서 활동하고 싶다는 의사를 간접 표현하였다. 이 인터뷰가 있은 뒤 일부 팬들은 인터넷 카페 등을 통해 이제 유승준을 용서하고 귀국을 허용하자고 주장하였다. 그렇지만 국내 여론은 아직도 냉담하다. 유승준이라는 걸출한 스타가 가졌던 상징성과 사회적 기대에 대한 배신감은 쉽게 사라지지 않고 있다. 그냥 세월이 지나가면 용서될 줄 알았다고 믿은 게 유승준의 착각이라면 착각이었다.

미국인이 한국에 오기 위해 비자를 신청하면 예외적인 경우를 제외하면 거부되는 일이 없다. 한국계 미국인인 유승준도 이런 절차를 밟고 한국에 오면 된다. 유승준이 병역을 기피한 것으로 많은 사람들이 생각하고 있지만 그는 병역법을 위반하지 않았다. 단지 미국 시민권을 취득해서 병역의무가 없어졌을 뿐이다. 그러나 정부가 그가 마약, 테러사범과 같은 범법자가 아니지만 비자를 발급할 생각이 없다. 병역기피자로 알려진 유승준이 국내 연예계로 복귀해 TV 무대를 휘젓고 다닐 경우 초래될 파급 효과가 부담스럽다.

유승준은 해외 출신 연예인의 선두 주자이자 스타의 본

보기라고 여겨져 왔다. 그렇기 때문에 그의 식언과 사회적 배신에 대한 사회적 처벌 역시 본보기로 운용할 수밖에 없는 게 병무당국의 입장이다. 유승준이 자유롭게 한국에 오려면 국민들을 조금 더 설득해야 할 것이다. 그런 설득의 시간과 국민의 용서가 있어야 한국대사관에서 비자발급 절차가 개시될 것 같다.

😊 어떤 사람이 병역면제를 받나.

한때 '신의 아들'이란 말이 있었다. 사지는 멀쩡해 보이고 학력이나 경력을 봐도 빠지지 않는 것 같은데 징병신체검사에서 병역면제 판정을 받은 사람들을 일컫는 말이었다. 반대로 현역 입영자에 대해서는 '어둠의 자식'이라고 부르기도 했다.

'신의 아들', '어둠의 자식'이란 말은 현재 군대 내에서 금지단어로 적용되어 이 단어를 쓸 경우 형사처벌. 징계처분 등을 받게 된다. 그러나 '신의 아들', '어둠의 자식'이란 말이 나올 정도로 우리 사회에서 군대 문제는 민감하다. 11월 대통령 선거 출마를 선언한 무소속 이회창 후보의 대선 3수도 곰곰이 따져보면 병역 문제에 기인한다. 1997년, 2002년 대통령 선거 당시 당선이 유력했던 이회창 전 한

나라당 총재는 두 아들의 병역문제가 쟁점이 되면서 패배의 쓴 잔을 마셔야 했기 때문이다.

'기관지확장증'과 '폐렴' 등으로 병역을 면제받은 이명박 한나라당 대통령 후보도 당내 대선후보 경선에서 이 문제로 홍역을 치른 바 있다. 유명 연예인과 체육인의 병역면제도 국민들의 이목을 집중시킨다는 점에서 정치인 못지않다.

영화 '친구'에 주인공으로 출연했던 영화배우 장동건 씨, 영화 장군의 아들에서 김두한 역을 맡았던 영화배우 박상민 씨는 각각 질병으로 병역면제 판정을 받았다. 또 KBS 대하드라마 '태조 왕건'에서 왕건 역을 맡았던 인기 탤런트 최수종 씨는 생계곤란으로 병역을 면제받았다.

이 사실이 알려지면서 2003~4년 인터넷 게시판에는 조폭과 싸우면서 날라 차기를 하고 친구들과 책가방을 옆에 끼고 달리던 배우들의 모습을 상상하면 질병으로 인한 군 면제라는 게 믿어지지 않는다는 비난성 댓글이 난무하기도 했다.

이처럼 정치인과 유명 연예인, 체육인들의 병역문제에 국민들이 민감한 반응을 보이는 것은 국민들로서는 부와 명예를 쥔 사람들이 병역혜택까지 받는다는 사실을 납득하기 어렵기 때문이다.

영화배우 장동건 −삼성전자.SK텔레콤 휴대폰 광고−

그래도 병역비리를 근절하고자 하는 사회적 분위기에 따라 최근에는 징병검사에서 현역 판정률이 90%를 웃도는 등 과거에 비해 병역면제는 상대적으로 줄어들었다. 현재 징병검사에서 5급, 6급 판정을 받아 병역면제를 받는 인원은 1년에 6~7천 명쯤이다. 2006년의 경우 면제 판정은 받은 사람은 징병검사 대상인원의 2.2%인 6,582명이었다. 비율로 따지면 전체 징병검사인원의 2.1~ 2.2%가 면제판정을 받는다. 징병검사에서 신체 등위는 병무청 소속 징병전담의사가 국방부령인 '징병신체검사 등 검사규칙'에 근거해 판정한다.

'징병신체검사 등 검사규칙'은 신체등위 판정을 내리는 기준으로 의학적 소견과 질병, 심신장애에 대한 평가 등이 상세하게 규정되어 있다. 또 저학력자, 군 부적응 대상자는 보충역 복무를 하거나 군복무가 면제된다. 예를 들어 1년6

개월 이상 실형을 살았거나 고아나 외관상 명백한 혼혈인, 귀화자는 5급으로 군면제 대상이다.

중학교 중퇴자는 4급 보충역, 6개월 이상 1년 미만 실형을 산 사람도 4급 판정을 받는다. 부모나 형제, 자매 중에서 전몰군경, 순직군인, 부상 정도가 6급 이상인 전상군경이 있는 경우에는 가족 중 1명에 대해 보충역 처분을 내린다.

징병검사에서 5급 판정을 받으면 제2국민역이다. 제2국민역은 전쟁이 발발하면 현역병에게 탄약이나 식사를 나르는 일을 해야 한다. 평소에는 현역이나 보충역 복무를 하지 않고 예비군 훈련도 면제된다. 다만 민방위 훈련은 받아야 된다. 6급 판정자는 평시에는 물론 전시에도 소집되지 않는 완전면제 대상이다. 그러나 징병검사에서 4급 보충역 판정을 받고도 다음 해 1월1일부터 4년이 지나도록 소집 되지 않아 병역면제(제2국민역 편입)를 받는 인원도 상당하다. 한나라당 맹형규 의원이 2007년 국정감사에서 밝힌 자료에 따르면 2003년부터 2007년 7월까지 4급 보충역 판정자 1만 8755명이 장기대기로 인해 제2국민역에 편입됐다. 2003년부터 2006년까지 매년 3,990명이 보충역 판정을 받고도 소집이 되지 않아 병역이 면제된 것이다. 공익근무 대상자 중 소집이 되지 않는 대기자는 대체로 몸에 문신이 있거나 자해를 한 사람, 정신과 판정, 수형 등의 사유가 있는 경우이다. 징병검사에서 신체등위 5, 6급 판정을 받아 병역을 면제받는 사람과 4급 보충역 판정을 받은 뒤 4년 이상 장기소집 대기로 병역면제를 받는 사람을 합치면 매년 1만 명이상이 군면제를 받고 있는 것으로 추정된다.

☺ 대체복무는 가능할까?

"2001년 12월 17일 '종교적 신념과 평화 · 봉사의 인생관'에 따라 입영을 거부한 지 꼬박 넉 달이 지났습니다. 우여곡절 많았지만 틈틈이 최선을 다하고자 노력하는 자비의집과 희망학교 사회봉사는 현재의 삶에 자긍심을 부여해 주는 참으로 소중한 하루일과가 되었습니다." 2001~2002년 사회를 떠들썩하게 했던 불교신자이자 병역거부자인 오태양 씨가 남긴 글이다.

오태양 씨는 그동안 병역거부자라고 하면 기독교의 일파인 여호와의 증인 신자만 생각하던 시민들에게 상당한 충격을 주었다. 그러나 분단이라는 상황 속에서 묵묵히 병역이라는 무거운 짐을 지고 있는 대다수 젊은이들과 6 · 25 전쟁의 상처를 안고 사는 기성세대에게 병역거부자들의 논리는 쉽게 수긍하기 어려운 일이었다. 그로부터 7년여 세월이 흐른 2007년 9월 정부는 종교적인 사유 등으로 집총을 기피하는 사람들에게 군대 대신 다른 방법으로 병역을 이행할 수 있도록 대체복무를 허용한다는 방침을 세웠다. 종교적 병역 거부자들의 대체복무 기간은 현역병의 2배인 36개월로 하고 전남 소록도의 한센병원, 경남 마산의 결핵병원, 서울과 나주, 춘천, 공주 등의 정신병원 등 9개 국립 특수병원과 전국 200여 개 노인전문요양 시설을 복무지로 잠정 결정한 상태이다. 우리나라에서 각종 이유를 들어 병역을 기피하는 사람은 매년 천여 명 정도이다. 대부분은 종교적 이유 때문에 병역을 기피하고 있다. 종교적 병역기피자는 2002년부터 2006년까지 3천761명으로 5년간 연평균 752명에 이른다. 2004년의 경우 병역 기피자 943명 중 754명이 종교적 이유로 병역을 기피하였고 무단 기피자는 189명에 불과했다. 종교적 병역기피자 중 대다수는 기독교의 일파인 여호와의 증인 신자가 차지하고 있다. 지난 5년간 병역기피자 중 여호와의 증인 신자가 3천729명이다.

1951년 병역법이 개정되어 남성에게 병역의무를 부과한 이래 여호와의 증인 신자 병역거부자만 만여 명에 이르는 것으로 추산되고 있다. 이들이 집총을 거부하는 것은 두 가지 이유에서다.

첫째는 성경해석이다. 고린도후서와 로마서에 '살육하는 일에 참여할 수 없다'는 것을 근거로 삼는다. 둘째로는 '위

급할 때도 피의 사용은 잘못'이라는 믿음을 갖고 있다. 여호와의 증인 신자를 비롯한 병역기피자들은 군에 가는 대신 통상 1년 6개월에서 2년간 교도소에서 복역하게 된다.

종교적 이유로 병역을 기피하는 있는 사람들은 대체복무를 통해 병역의무를 이행하겠다고 주장하고 있다. 그러나 종교적 이유로 병역을 기피하고 있는 사람들에게 대체복무가 허용될지는 좀 더 지켜봐야 할 일이다. 보수단체에서 정부의 이번 발표에 대해 국민개병제의 근간을 훼손하는 것이라고 반발하고 있고 많은 사람들이 이에 동조하고 있다. 특히 국가가 사회구성원들 대다수가 납득할 수 있는 국민개병제를 확립하기 위해 노력하기보다는 소수자의 주장에만 귀를 기울이고 있다는 비판이 거세기 때문이다. 많은 사람들이 묵묵히 병역의무를 이행한 사람에게 정부가 해준게 뭐냐고 묻고 있다. 이에 대해 국가와 사회가 답을 주지 않는 한 대체복무논란이 쉽게 가라앉지 않을 것으로 보인다.

둘째 마당

군대 가면 손해 보는 일곱 가지

한발 늦은 인생

😊 대학 동료, 후배가 사회에서는 선배로

서울 모 언론사에 근무하는 채기영 기자는 10여 년 전 일을 생각하면 지금도 입맛이 쓰다.

채 기자가 언론사에 입사한 것은 90년대 중반이었다. 첫 출근한 날 채 기자는 회사에 같은 과 대학 동기가 1년 먼저 입사해 근무하고 있다는 사실을 알았다. 대학 동기는 6개월간 방위병 복무로 병역의무를 마쳤기 때문에 입사가 빨랐다. 예나 지금이나 언론사는 선. 후배 관계가 엄격하기로 유명한 곳이다. 1년 늦게 입사한 채 기자는 대학 동기에게 꼬박꼬박 존댓말을 쓸 수밖에 없었다. 사단은 대학 동기가 회사를 그만두고 다른 언론사로 간 후에 터졌다. 정부 부처 관료들과의 저녁 자리에서 대학 동기를 다시 만난 채 기자는 반가운 마음에 말을 건넸지만 돌아온 대답은

차가웠다. "야! 선배한테 똑바로 해라" 그 소리를 듣자마자 그동안 쌓였던 채 기자의 감정은 폭발했다. "이게 1년 먼저 들어갔다고" 저녁 자리는 난장판이 되었다. 채 기자와 같은 경우가 우리 사회에서 그리 낯선 일은 아니다. 오히려 최근 여성 입사자가 대폭 늘어난 것을 감안하면 그런 갈등 요인은 더 커졌을 것이다.

통상 군대 문제 때문에 대졸 남성의 취직 연령은 여성보다 높다. 2007년 2월 정부 발표에 따르면 4년제 대학을 졸업한 남성이 직장을 구한 나이는 평균 27.2세였다. 반면 여성은 25.4세로 남성이 1.8세 높았다. 이는 군필 대졸남성이 취직하면 대학 친구인 여성 동기는 3년차 직장인, 1년 후배는 2년차 직장인이 되어 있다는 뜻이다. 회사에서 3년차 직장인과 1년차 신입사원은 여러 가지 면에서 차이가 크다. 신입사원이 회사 생활을 전혀 모르는 백지장과 같은 존재라면 3년차 사원은 한창 일을 배워나가는 시기이다.

대학을 다닐 때는 친구나 후배라고 해도 사회에서는 선배다. 이런 역전현상은 누구에게나 달가운 일이 아니다. 다만 어쩔 수 없는 상황이기 때문에 받아들이고 넘어갈 뿐이다. 90년대 중, 후반까지만 해도 입사자 10명 중에 여성이나 군면제자는 2~3명 정도였다. 입사자가 비교적 소수였기 때문에 선, 후배 동료 관계가 역전되는 경우가 상대적으로 적었다.

그러나 최근 일부 직장은 신입사원 합격자의 50%가 여성이다. 예를 들어 2007년 상반기 국민은행 대졸 신입행원 채용 결과 합격자 225명 중에 여성은 50.6%인 114명이었다. 이런 상황이라면 군대를 갔다 온 남성 합격자 중 상당수는 3년차, 2년차가 된 대학 시절 친구며 후배를 직장 선배로 모셔야 할 것이다. 군대 때문에 입사가 늦은 사람의 '인생 속 앓이', 드러나지 않아서 그렇지 의외로 심각할 것이다.

☻ 저축액 0원 대 2천만 원

2007년 초 김민오 씨는 백 대 일이 넘는 취업전쟁을 뚫고 서울에 있는 한 회사에 취직했다. 군대에 갔다 온 뒤 복학해 2년 동안 취업준비를 한 게 주효했다. 김 씨는 자신이 그 치열한 경쟁을 이겨냈다는 사실이 뿌듯했고 또 한편으로는 여자친구에게 떳떳해졌다는 점이 기뻤다.

김 씨는 그동안 내색은 안 했지만 대학 동기인 여자 친구 때문에 고민이 많았다. 2년 전 대학을 졸업하고 정유회사에 취직한 여자 친구는 데이트를 할 때마다 학생이 무슨 돈이 있냐면서 저녁을 사곤 했다. 처음에는 여자친구가 사주는 밥이 좋았지만 4학년 막바지 취업전쟁이 시작되면서 부담감이 커졌다. '이렇게 얻어먹어도 되나'라는 자괴감이 김 씨를 괴롭혔었다. 첫 월급을 탄 날 김 씨는 여자 친구에게 멋진 저녁을 샀다. 그랬던 김 씨가 요즘 다시 의기소침해졌다. 직장생활 3년차인 여자 친구가 자신보다 훨씬 많은 돈을 벌어놓았다는 사실을 알면서부터이다. 김 씨의 여자 친구는 2007년 초 2년 동안 저축한 1500만 원을 중국펀드에 투자했다. 여자 친구는 중국 증권 시장의 주가가 껑충 뛰면서 4백만 원을 벌었다. 김 씨는 그동안 월급을 받았지만 취직 턱이다 뭐다 해서 실제 모아 놓은 돈은 거의 없다. 김 씨는 별일 아니라고 위안을 삼으면서도 여자 친구보다 뒤처지는 것 아닌가 하는 생각이 스멀스멀 났다. 군대에 다녀온 사람들은 가끔 경제적인 문제로 인해 여자 대학 동기나 후배에게 이런 느낌을 가지곤 한다. 2007년 3월 연봉제공 전문업체인 페이오픈이 공개한 30대 그룹의 직급별 평균 연봉에 따르면 4년제 대졸 신입사원의 평균연봉은 2천747만 원이었다. 현대중공업그룹이 3천583만 원으로 가장 연봉이 많았고 한국철도공사는 2171만 원으로 연봉이 제일 적었다. 30대 그룹에 입사해 2년간 일하면 평균 5500만 원 가까운 소득을 올릴 수 있다는 의미이다.

예를 들어 같은 대학 동기가 2년의 격차를 두고 30대 그룹에 입사했을 경우 군대에 갔다 와서 30대 그룹에 막 입사한 군필자는 소득이 없지만 2년 전 30대 그룹에 입사한 군면제자와 여성은 2년 동안 5천4백만 원을 번 것이다. 2년 면저 입사한 사람이 총소득의 40~50%를 저축했다고 할 경우 저축액만 따져도 2160만 원에서 2700만 원이 된다. 나이는 같다 해도 2~3천만 원을 모아 놓은 사람과 막 입사해서 저축한 돈이 한 푼도 없는 사람의 경제력은 큰 차이가 있다. 특히 종자돈이 있어야 재테크를 할 수 있는 사정을 감안하면 2년의 격차가 더 큰 격차로 이어질 가능성이 높다.

😌 뒤처지는 주택마련

집값이 한창 오르던 2006년, 한겨레 신문은 집에 얽힌 직장인들의 애환을 기획기사로 다루면서 통신회사에 다니는 이 모 차장과 장 모 대리의 이야기를 소개했다.

기사는 1997년 입사한 이 차장이 2002년 2억 6천만 원을 주고 산 서울 강남구 수서동 26평형 아파트는 4억 원이 됐지만 2001년 입사해 5년 동안 1억 원을 모은 장 대리는 집값이 너무 올라 집을 사기 어렵게 됐다는 내용이었다. "몇 해 차이가 안 나는 후배들이 집 때문에 고민하는 것을 보면 안타깝다"는 이 차장과 "학번은 두 단계 차이가 나지만 내 집 장만 시기는 훨씬 더 벌려질 것 같다"고 말한 장 대리의 인터뷰 내용도 실려 있었다. 집값이 한 달 사이 수천만 원이 오르던 시기여서 그런지 기사에 공감을 표시하는 사람들이 많았다. 그때 동료들과 "입사는 역시 빠르고 봐야 돼"라는 말을 주고받은 적이 있다. 통계청에 따르면 우리나라 가구주가 결혼 후 주택을 마련하는 데 걸린 시간은 10.1년이다. 결혼하면서 자기 집을 마련했으면 다른 사람보다 10년을 앞서가게 된다는 의미다.

현행 주택청약 제도에 따르면 가구주의 나이와 가족 수가 많고 무주택 기간이 긴 청약자일수록 당첨 확률이 높다. 따라서 청약통장을 빨리 만들고 무주택 기간을 늘리는 게 내 집 마련의 지름길이다. 그런 면에서 같은 또래에 비해 늦게 취직하는 군필자는 불리한 입장이다.

청약가점표에 따르면 입주자 저축 기간 2년 이상 3년 미만이면 4점, 무주택 기간 2년 이상 3년 미만이면 6점이다. 2년 먼저 청약저축에 가입했느냐 하지 않았느냐, 2년간 무주택이었나, 아니었나에 따라 청약점수는 10점의 차이가 난다. 우리 사회에서 취직을 하면 부모와 세대 분리해 우선 청약통장을 만드는 게 일반적이다. 군필자가 청약통장을 만들어 돈을 불입하기 시작할 때면 이미 2년 전 취업한 여성과 군면제자, 산업기능요원, 전문연구요원 복무자는 이미 10점의 청약점수를 얻었을 가능성이 높다. 거기다 2년 먼저 취직한 여성, 군면제자, 산업기능요원 통장에는 적어도 1~2천만 원의 목돈이 있지만 막 취직한 군필자의 통장 잔고는 제로에 가깝다. 만약 35세 같은 나이에 군필자와

가점항목	가점	가점구분	점수	가점구분	점수
① 무주택 기간	32	1년 미만(무주택자에 한함)	2	8년 이상~9년 미만	18
		1년 이상~2년 미만	4	9년 이상~10년 미만	20
		2년 이상~3년 미만	6	10년 이상~11년 미만	22
		3년 이상~4년 미만	8	11년 이상~12년 미만	24
		4년 이상~5년 미만	10	12년 이상~13년 미만	26
		5년 이상~6년 미만	12	13년 이상~14년 미만	28
		6년 이상~7년미만	14	14년 이상~15년 미만	30
		7년 이상~8년 미만	16	15년 이상	32
② 부양가족 수	35	0명(가입자 본인)	5	4명	25
		1명	10	5명	30
		2명	15	6명 이상	35
		3명	20		
③ 입주자저축 가입 기간	17	6개월 미만	1	8년 이상~9년 미만	10
		6개월 이상~1년 미만	2	9년 이상~10년 미만	11
		1년 이상~2년 미만	3	10년 이상~11년 미만	12
		2년 이상~3년 미만	4	11년 이상~12년 미만	13
		3년 이상~4년 미만	5	12년 이상~13년 미만	14
		4년 이상~5년 미만	6	13년 이상~14년 미만	15
		5년 이상~6년 미만	7	14년 이상~15년 미만	16
		6년 이상~7년 미만	8	15년 이상	17
		7년 이상~8년 미만	9		

여성, 군면제자가 동시에 청약신청을 한다면 여성이나 군면제자의 청약점수가 높은 만큼 아파트에 당첨될 확률이 높다. 최근 몇 년간 주택가격의 급등 현상을 고려하면 군대 때문에 2년 늦은 사회진출이 수억 원의 자산가치 상실로 이어질 가능성이 있다는 지적은 빈말이 아닐 것이다.

🐛 승진은 입사 동기끼리

교육인적자원부에 근무하는 구 모 씨는 1996년 11월 14일 9급 공채시험을 통해 공직에 들어왔다. 교육부에서 구 씨와 같은 날 임용된 사람은 남자 2명, 여자 2명이다. 동기 4명의 현재 직급은 7급인 '교육행정주사보'. 4명의 공채 동기들은 9급에서 8급, 8급에서 7급으로 승진할 때 거의 동시에 승진하였다. 이들보다 20일 빠른 1996년 10월 25일 임용된 염 모 씨 등 3명은 현재 구 씨보다 한 직급 높은 6급 교육행정주사이다. 모두 여성인 이들 3명도 9급에서 8급, 8급에서 7급, 7급에서 6급으로 승진하는 데 차이가 없었다.

▌ 〈교육인적자원부〉 1996년 11월 14일 / 10월 25일 임용 9급 공채 현황

성명 (성별)	현 직급	최초 임용	임용 형태
구 OO (남)	교육행정주사보	1996.11.14	9급 공채
전 OO (여)	교육행정주사보	1996.11.14	9급 공채
연 OO (여)	교육행정주사보	1996.11.14	9급 공채
배 OO (남)	교육행정주사보	1996.11.14	9급 공채
염 OO (여)	교육행정주사	1996.10.25	9급 공채
김 OO (여)	교육행정주사	1996.10.25	9급 공채
나 OO (여)	교육행정주사	1996.10.25	9급 공채

6급 이하 공직에서 부정부패 연루, 음주 등 하자 요인이 없다면 공직에 임용된 시기에 따라 순차적으로 승진한다. 군필자인지 아니면 면제자인지 여부, 여성인지 남성인지는 특별한 고려 요인이 아니다. 임용연도가 승진에 결정적인 영향을 미치는 이유는 '승진소요 최저 연수'때문이다. '승진소요 최저 연수'는 승진을 하기 위해서는 해당 직급에서 최소한 몇 년을 근무해야 하는지를 정해 놓은 규정이다.

'승진소요 최저 연수'에 따르면 9급에서 8급으로 진급하려면 최소 2년, 7급과 8급은 3년, 6급은 4년, 5급은 5년 이상 해당 직급에서 복무해야 한다. '승진소요 최저 연수'가 있기 때문에 공직 임용이 늦은 사람이 선배보다 빨리 승진하기는 쉽지 않다. 시험을 치르거나 근무평정에 따라 승진이 결정되는 5급 사무관부터는 사정이 조금 달라지지만 6급 이하는 거의 이런 식이다. 공직 임용이 여성이나 군면제자에 비해 2년 정도 늦은 군필자가 군대로 인해 생긴 격차를 따라잡기는 쉬운 일이 아니다. 민간기업도 입사 동기끼리 승진 경쟁을 하는 것은 예외가 아니다. 다만 민간 기업은 초기에는 동기끼리 경쟁하지만 일정한 직급이 되면 실적에 따라 차이가 크다.

사원에서 대리, 대리에서 과장까지는 비슷하게 승진하지만 그 이후에는 철저한 업적과 고과성적에 따라 승진이 결정된다. 실적이 좋으면 초고속 승진이 가능하지만 반대로 성과가 나쁘면 구조조정 대상이 될 수 있다는 의미다. 공직에 비해 군필자가 유리한 것 같지만 실상은 그렇지도 않다. 군필자는 같은 또래에 비해 2~3년 늦게 출발선에 선 것이고 같은 또래 여성, 면제자는 이미 2~3년 앞에서 뛰고 있기 때문이다. 과거 군필자의 호봉을 높게 책정해 군복무에 따른 임금 손해를 일부 보전했던 혜택도 최근 대기업의 80%가 연봉제를 도입하면서 거의 사라진 상태이다.

☻ 늦어지는 결혼

32살 무역회사 직원인 정연수 씨, 그다지 크지 않은 회사에 다니는 정 씨는 밥 먹듯이 하는 야근에 남들이 쉬는 토요일에도 가끔 일을 해야 한다. 폼 나게 운동을 하고 싶지만 시간 맞추기가 어려워 집 근처 공원에서 조깅을 하거나 주말에 시간이 날 때 근처 산에 가는 걸로 만족하고 있다. 정 씨는 요즘 결혼문제 때문에 갑갑하다. 회사 선배의 소개로 만난 여자 친구와 결혼을 생각하고 있지만 모아 놓은 돈이 많지 않아서 고민이 크다. 공군으로 제대한 정 씨는 3년 만에 대학에 복학했고 대학을 졸업하던 해에는 입사에 실패해 다시 1년을 까먹었다. 우여곡절 끝에 지금 다니는 회사에 입사했지만 정 씨가 가진 재산은 대출금이 남아 있는 다세대 주택 전세금 6천만 원이 전부이다. '서울 주변에서 24평 아파트 전세를 얻으려면 1억 원은 있어야 하는데', 정 씨는 한숨이 나왔다.

통계청과 노동연구원에 따르면 2006년 우리나라 남성의 평균 초혼 연령은 30.9세, 여성은 27.8세다. 또 직장에 들어간 나이인 입직 연령은 남, 여 평균 25세이다. 결혼연령과 입직연령을 비교하면 남성은 평균 5년 9개월간, 그리고 여성은 2년 8개월간 일하고 결혼했다. 남성이 결혼을 하기 위해서 여성보다 3.1년을 더 일한 셈이다. 남성이 결혼을 하기 위해 더 오래 일하고 있는 이유는 남성이 부담해야 하는 결혼비용이 여성보다 많기 때문이다. 결혼정보회사 선우가 2005년 결혼한 신혼부부 305쌍을 상대로 조사한 결과에 따르면 남성이 결혼할 때 쓰는 돈은 여성의 3배 정도였다. 신랑은 주택마련과 예식비, 신혼여행비 등 결혼비용으로 9606만 원을 썼고 신부는 혼수마련 신혼여행비 등으로 3335만 원을 사용하였다.

군 문제로 인해 남성들이 사회에 진출하는 시기는 같은 또래 여성보다 2~3년 늦다. 남성이 결혼하려면 여성보다 더 많은 돈이 있어야 하는데 돈벌이는 늦게 시작했기 때문에 직장생활이 길어진 것이다. 부모가 결혼비용을 대주면

		신랑측		신부측	
		순위	평균금액 (비율%)	순위	평균금액 (비율%)
결혼 전 행사	약혼식	11	6 (0.1)	11	10(0.3)
	함들이	9	27 (0.3)	10	34(1.0)
예단 예물	예단	4	278(2.9)	2	563(16.9)
	예물	3	432 (4.5)	6	286(8.6)
살림 살이	가구	8	43 (0.5)	4	517(15.5)
	가전	7	49 (0.5)	3	547(16.4)
결혼 관련 의식	예식장	2	544 (5.7)	5	482(14.4)
	피로연	6	62 (0.7)	9	50(1.5)
	신혼여행	5	225 (2.3)	7	126(3.8)
주택		1	7919 (82.4)	1	652(19.5)
기타		10	24 (0.3)	8	68(2.0)
합계			9609		3335

그 시기는 앞당길 수 있겠지만 수도권 주변 24평형 아파트 전세 값만 해도 1억 원이 넘는 현실을 감안하면 재력 있는 부모를 둔 사람에게만 해당될 일이다. 이런 사정 때문에 남성들의 결혼은 자꾸만 늦어지고 있다. 2006년 남성의 결혼연령은 10년 전에 비해 2.5세 높아졌다. 같은 기간 여성의 결혼 연령이 2.3세 높아진 것과 비교하면 남성 결혼연령이 0.2세 더 많이 늘어났다.

그 사이 군복무 기간이 6개월 줄어들었고 여성이 연상인 커플이 크게 늘어났다는 점을 감안하면 남성들의 만혼 정도는 여성에 비해 훨씬 심각하다고 할 수 있다. 만혼 여성이 늘어난 것도 이와 무관하지 않다. 결혼할 수 있는 재력과 여건을 갖춘 남성이 적어지면서 선택폭이 좁아진 여성들이 만혼으로 이어졌을 가능성이 많다. 최근 사회에는 '골드미스', '실버미스'란 말이 유행하고 있다. 골드미스란 탄탄한 직장과 경제력을 바탕으로 독신 생활을 즐기는 30대 싱글 여성을, 그리고 실버미스는 골드미스와는 달리 만족스럽지 못한 직장에, 부실한 경제력을 갖고 있는 30대 싱글 여성을 지칭한다. 다만 어느 쪽도 결혼을 포기한 것은 아니다. 그러나 현재와 같이 보상 없는 병역제도가 계속될 경우 골드미스, 실버미스가 줄어들 가능성은 없을 것 같다.

2

불리해진 취업

☻ 성큼 다가온 공무원 여초시대

1999년 12월, 대망의 2천 년 이른바 밀레니엄시대를 앞
둔 세 모였다. 지방 국립대에 다니던 예비역 대학생 장 모
씨는 포장마차에서 술을 마시다 뉴스를 듣고 깜짝 놀랐다.

지금까지 군대 갔다 온 예비역들이 국가 공무원 시험에
응시할 때 얹어주던 군가산점제도가 헌법재판소에서 위헌
결정이 내려졌다는 것이다. 공무원 시험을 준비하던 장 씨
는 눈앞이 캄캄했다. 장 씨뿐이 아니었다. 군대에 다녀와
복학한 친구 몇몇도 공무원 시험과 공사 준비를 하고 있었
다. 예나 지금이나 6급 이하 공무원 시험은 중간 계층이 가
장 많이 응시한다. 5급 행정고시나 사법고시처럼 피 말리는
공부를 할 자신이 없는 사람들이 그래도 자신감을 갖고 도
전하는 분야였다. 장 씨와 장 씨 친구들도 공무원이 되거나

공사에 들어가는 게 안정되고 직장생활을 하면서 차별을 받지 않을 거란 생각으로 시험 준비에 열을 올리고 있었다. 그런데 1점으로 당락이 결정되는 공무원 시험에서 가산점이 사라진다니. 뜬금없이 무슨 소린가. 군가산점제는 군대에 갔다 온 예비역 남성들이 6급 이하 공무원 시험이나 공기업 입사시험을 치를 때 2년 이상 복무한 전역자는 만점의 5%, 2년 미만의 복무를 끝낸 전역자는 만점의 3%를 가산해 주던 제도였다. 피 끓는 젊은 나이에 몸과 마음을 바쳐 국가 수호에 이바지한 데 대한 일종의 보상책이었다.

이 제도가 폐지된 2천 년 이후 6급 이하 공직에 대한 여성들의 진출은 눈부시게 늘어났다. 공직에 우수한 여성이 몰리면서 여성 합격자가 절반을 넘어서고 있다. 2005년 지방직 공무원 시험 합격자 12,302명 중에는 여성이 6,216명으로 절반을 넘어섰다.

▌ 2006년 지방직 공무원 합격자 현황 – 행정자치부

구분	여성 평균 합격률			여성 최고 합격률				여성 최저 합격률			
	전체	여성	비율	분 야	전체	여성	비율	분 야	전체	여성	비율
7급	735	253	34.4	보건연구사	9	8	88.9	농업연구사	31	6	11.1
9급	7,775	4,071	52.4	간호직	138	138	100	토목직	546	51	9.1

구분	여성 평균 합격률			여성 최고 합격률				여성 최저 합격률			
	전체	여성	비율	분 야	전체	여성	비율	분 야	전체	여성	비율
7급	528	254	48.1	보건연구사	34	30	88.2	건 축 직	9	1	11.1
9급	11,774	5,962	50.6	사 서 직	110	101	91.8	농촌지도사	11	1	9.1

이미 지방 읍, 면, 동사무소에 가면 여성 공무원들을 더 많이 만날 수 있는 게 현실이다.

2006년 국가직 9급 시험도 합격자 2756명 가운데 45.5% 인 1105명이 여성이었다. 이는 소위 공부 잘하는 여성 인력이 공무원 시험에 몰리면서 나타난 현상으로 풀이된다. 군복무 기간 중에 공부와는 담을 쌓고 지내다가 군에서 제대한 복학생과 또랑또랑한 두뇌로 대학생활, 사회생활을 야무지게 해 나가고 있던 여학생들이 경쟁한 결과이기도 하다.

현역병으로 군복무를 마친 복학생들은 군대에 가 있는 동안 단절됐던 학교생활을 따라잡기도 힘든 마당에 그나마 있었던 공무원 시험에 주어졌던 혜택마저 기대할 수 없게 되면서 취업에 더 많은 부담을 떠안게 된 셈이다. 교원임용고시는 훨씬 더 심하다. 2007년 중등교원 합격자 4064명 가운데 여성은 3246명으로 80%에 가까운 비율을 보였다.

필자가 중, 고등학교를 다니던 시절만 해도 남학교와 여학교가 구분되어 있는 게 일반적이었다. 남학교에는 남자 교사가, 여학교에는 여교사가 주축을 이루고 있었다. 그러던 학교 풍경이 이제는 변했다. 남자 교사들을 찾아보기가 어려워졌다.

☻ 장애인 취업 약진

고등학교 졸업 후 잠시 안마사를 했던 최용수 선생님은 현재 충남 천안의 한 중학교에서 학생들을 가르치고 있다. 선생님이 되고 싶다는 오랜 꿈을 이룬 최 씨는 자신의 수업에 귀를 기울이는 학생들을 만날 때마다 "내가 애들한테 무언가를 줄 수 있구나" 하는 마음에 가슴이 뿌듯하다. 최 선생님은 올 1월 실시된 중등교원 특수직 시험에 합격하고 교직에 진출했다.

최 선생님은 교육부가 올해부터 신규 채용 교사 5%를 장애인으로 구분 모집했기 때문에 예년에 비해 수월하게 교단에 설 수 있었다. 최 선생님은 최근 몇몇 남자 선생님에게서 임용고사 준비며 군대 갔다 온 이야기를 듣고 약간 미안한 마음이 들었다.

군대에 갔다 오지 않은 최 선생님이 선생님으로 재직할 수 있는 기간이 동료 선생님에 비해 더 길다는 걸 깨달았기 때문이었다. 25세에 선생님이 된 최 씨의 잔여 정년은 37년, 군대에 다녀와 28세에 선생님이 된 동료 교사는 잔여 정년이 34년에 불과하였다. "재직 기간이 길면 월급도, 연금도 더 많아지겠구나" 최 선생님의 솔직한 심정이었다.

우리나라에서는 사회 약자인 장애인을 배려하는 차원에서 '장애인 고용 쿼터제'가 실시되고 있다. 법에 따라 국가 및 지방자치단체, 근로자 50명 이상 사업장에서는 2% 이상 장애인을 의무적으로 고용해야 한다. 의무고용제가 처음 실시된 1991년에는 국가와 지방자치단체, 86개 정부기관의 장애인 고용비율은 0.52%에 불과했지만 2005년에는 2.25%로 높아져 법이 정한 의무고용률을 초과하였다. 여성은 남녀 평등법, 장애인은 의무고용제로 제도적 보완을 했지만 건강한 군필 남성을 위한 제도적 장치는 마련되어 있지 않은 실정이다.

일찍 찾아온 황혼

😊 취직은 늦지만 퇴직은 같다

2005년 말 김혜경 씨와 이수형 씨는 모 언론사에 기자로 입사했다. 입사 당시 김 씨는 대학교 4학년으로 23세였고 이 씨는 27세였다. 이 씨는 재학 중에 군 입대로 3년간 휴학했고 대학을 졸업한 후에는 1년간 잡지사에서 근무하느라 입사가 늦었다.

두 사람은 1년 6개월간의 계약직 근무를 거쳐 현재는 정규직 사원으로 근무하고 있다. 이 회사의 정년은 직급에 따라 차이가 있다. 1~2급은 60세, 3급 이하는 55세이다. 두 사람이 모두 3급으로 정년을 마친다면 김 씨는 32년을 근무하게 되지만 이 씨는 28년만 재직할 수 있다. 이 씨는 최근 동료인 김 씨가 후배 기자에게 "당신 누구하고 회사 생활 오래할 것 같아"라고 묻는 농담을 들었다.

이때 "그래 내가 회사를 더 빨리 퇴직하지"라는 생각이 이 씨의 머리를 스쳤다. 이 씨는 왠지 억울했다. "잡지사 근무 1년은 개인적인 선택이니까 그렇다 치자. 그런데 나머지 3년은 군대 때문인데 왜 내가 일찍 퇴직해야 하지" 하루 내내 그 생각이 머리를 떠나지 않았다.

현행 정년 규정은 공, 사를 막론하고 군 복무자에게 불리하다. 국가공무원법 74조에서는 공무원의 직무의 종류별 및 계급별 정년을 다른 법률에 특별한 규정이 있는 경우를 제외하고 5급 이상은 60세, 6급 이하는 57세로 정해놓고 있다. 민간은 기업마다 다르지만 통상 55세에서 60세 사이가 정년이다. 남녀는 물론 군필자와 면제자 사이에 정년 차이는 없다. 2006년 취업포털 커리어가 실시한 2005년 공기업 입사자 현황에 따르면 여성입사자의 50%는 25~26세, 남성 입사자의 42.4%는 27~28세였다. 병역의무를 이행하고 입사하느라 남성들의 평균 나이가 여성에 비해 2살 정도 많았다.

군대에 다녀온 입사자들의 평균 나이가 여성보다 2살 정도 많은데도 불구하고 정년 규정을 똑같이 적용하면 군필자들은 여성이나 군면제자에 비해 사실상 2~3년 먼저 퇴직하는 셈이다. 예를 들어 군복무를 마치고 27세에 9급 공무원 시험에 합격한 남성이 6급까지 승진한 후 57세에 정년퇴직하면 30년을 재직하게 된다.

반면 같은 해 9급 공무원 시험에 합격한 25세 여성이 6급까지 승진한 후 57세에 정년퇴직하면 32년을 근무하게 되어 여성이 2년을 더 근무할 수 있다. 군필자들이 여성이나 군면제자에 비해 사실상 일찍 퇴직하면서 생기는 손해는 생각보다 크다. 통계청에 따르면 2006년 50대 가구주의 월평균 소득은 360만 원이었다. 정년규정 때문에 사실상 퇴직이 빠른 군필자는 군면제자나 여성에 비해 2년간 7천만 원에서 8천만 원의 수입을 얻을 수 없다는 것을 의미한다. 만약 산업은행처럼 대우가 좋은 공기업에서 근무하고 있다면 그 액수는 더 커진다. 2006년 산업은행의 평균임금은 8758만 원. 한국방송광고공사와 한국수출입은행의 평균임금은 7천7백만 원이었다.

▌ 〈기획예산처〉 2006년 주요 정부 출자, 출연기관 직원 평균임금

기업명	직원 평균연봉
한국산업은행	8,758만 원
증권예탁원	8,036만 원
금융감독위원회	7,946만 원
한국방송광고공사	7,784만 원
한국수출입은행	7,784만 원

산업은행에서 군필자는 30년을 근무하고 여성과 면제자는 32년을 근무하게 된다면 2년간 임금 차이는 1억 5천5백만 원에서 1억 7천5백만 원이나 된다. 직접적인 소득 이외에도 퇴직연령대인 40대 후반부터 50대에 2년간 직장생활을 더 하면 자녀 교육, 결혼, 노후 준비에 있어 유리한 점이 한두 가지가 아니다.

현직에 있을 때 자식 대학교육, 결혼을 시키고자 하는 사람들을 주위에서 찾는 것은 어렵지 않은 일이다. 은퇴를 앞둔 필자의 선배 한 분도 2007년 봄 서둘러 아들의 결혼을 마쳤다. 그리고 이런 말을 하였다. "이제 할 일 다했어"

😃 연금 수령액이 적다

1993년 검찰 사무직 공채에 합격한 박 모 계장. 대검찰청에서 근무하고 있는 박 계장은 14년째 공무원연금을 불입하고 있다. 처음 공무원이 됐을 때에는 얼마 안 되는 월급에서 뭉텅이로 공제하는 연금 때문에 속도 많이 상했다. 당장 써야 할 곳은 많은데 왜 그렇게 많은 돈을 떼어 가는지 알다가도 모를 일이었다. 그랬던 박 계장이지만 몇 년 전부터는 공무원연금 때문에 가슴이 뿌듯하다.

대학 동기들을 만나서 이야기를 하다 몇몇 친구를 제외하면 자신이 받을 연금이 더 많다는 사실을 깨닫게 된 이후부터다. 그래서 그런지 요즘 공무원연금 수령액을 축소하라는 목소리 때문에 영 신경이 쓰인다. 공채 동기들과 만나면 공무원연금 개혁안이 어떻게 처리될지가 가장 큰 관심사가 되었다. 최근 박 계장은 공채 동기 한 명과 함께 얼마나 더 공직생활을 할 수 있을지, 퇴직하면 연금은 얼마나 받을지 계산해 봤다.

사무관으로 승진하면 박 계장은 17년, 6개월 방위복무를 했던 동기는 19년을 더 근무할 수 있었다. 예상 연금 수령액도 박 계장이 훨씬 적었다. 박 계장은 갑자기 속에서 부아가 났다. "아니 30개월 동안 군대서 뺑이 치게 하더니 연금까지 적게 받으라고" 박 계장은 정년이 몇 년 남았는지는 평소에도 알고 있었지만 연금수령액이 그렇게 차이가 날 줄은 정말 몰랐다.

공무원연금이든 국민연금이든 납입 기간이 길고 납부한 돈이 많으면 연금 수령액은 많아진다. 반대로 납입 기간이 짧고 돈을 적게 불입했으면 수령액은 적어진다.

현역병으로 복무하는 사람들은 군복무 기간 중에는 소득이 없어 연금을 납부할 수 없다. 반면 여성이나 군면제자, 산업기능요원, 전문연구요원은 2년 먼저 취직이 가능한

만큼 2년 먼저 연금을 납부할 수 있다. 현역병 출신이나 여성, 군면제자의 정년은 같기 때문에 결과적으로 현역 출신의 연금납입 횟수는 여성, 군면제자, 산업기능요원에 비해 24개월에서 27개월만큼 적어진다.

현역병 출신이 여성, 군면제자, 산업기능요원에 비해 연금 납입횟수가 적고 기간이 짧기 때문에 연금수령액도 차이가 나게 된다. 예를 들어 9급 공무원이 된 군필자와 군면제자 입사 동기가 한 사람은 28년, 다른 사람은 30년을 근무한 후 6급으로 퇴직한다면 두 사람의 연금수령액은 매달 10여 만 원 이상의 차이가 난다.

▌공무원연금관리공단(단위 :원)

	공무원 A	공무원 B
채용급수/ 퇴직급수(호봉)	9급/ 6급(6급28호봉)	9급/6급(6급30호봉)
재직연한	28년	30년
보수월액(2006년 기준)	2,828,564	2,899,983
퇴직일시금	138,000,000	152,000,000
퇴직연금	1,885,000	2,023,000

국민연금의 경우도 1965년 1월 1일 태어난 두 사람에 대해 모든 조건을 동일하게 하고 입사연도만 2년간 차이가 나게 설정할 경우 군면제를 받고 2년 먼저 입사한 사람의 예상수령액이 훨씬 많다.

	국민연금 A	국민연금 B
생년월일	1965. 1. 1	1965. 1. 1
학력/군필 여부	대졸/면제	대졸/군필
입사연월	1988년 1월	1990년 1월
연소득/연평균물가상승률	3백만 원/연평균 2.5%	3백만 원/연평균 2.5%
노령연금수령연도(나이기준)	2029년 2월	2029년 2월
월평균연금수령액	1,419,330원	1,264,780원

예) 국민연금관리공단 내 연금 계산하기 참조 /모든 조건 동일하게 하고 입사연도만 다르게 설정

1993년 이전 복무자들은 육군 복무 기간이 30개월이었기 때문에 여성, 군면제자와 연금 납부 기간은 30개월 이상 차이가 난다.

지금 사십 줄에 들어선 현역병 출신자들은 24개월 차이가 아닌 30개월로 계산해야 된다는 의미다. 국가가 부여한 병역의무를 이행하느라 연금을 납부하지 못했던 남성으로서는 황당한 느낌이 들겠지만 현역병 출신자가 은퇴 후에 받을 수 있는 연금은 여성, 군면제자에 비해 적을 수밖에 없다. 이게 냉혹한 현실이다. 그러나 노후 생활의 보루인 연금 수령액이 현역병 복무자는 적고 여성, 군면제자는 많아지는 사실은 군복무자로서는 쉽게 받아들이기 어려운 일이다.

복학이 두렵다

😊 껑충 뛴 등록금 차액 모두 내야

고려대학교 4학년 김기동 씨. 2004년 1학기를 마치고 군대에 간 김 씨는 주한미군에 배속되어 군 생활을 하는 카투사로 2년간 복무하고 제대했다. 복학을 하기 위해 학교에 갔던 김 씨는 등록금 고지서를 보고 화가 치밀었다. 2004년 553만 7천 원이었던 연간 등록금이 2006년에는 626만 4천 원으로 인상되어 있었다. 복학을 하려면 2004년보다 한 학기 등록금으로 36만 원을 더 내야 했다. 김 씨가 "이걸 다 제가 내야 되나요?"라고 하자 학교 직원은 어이가 없다는 표정이었다.

물론 그도 등록금을 모두 내야 한다는 걸 모르지는 않았다.

그래도 그렇게 말한 이유는 과사무실에서 들은 동기들

소식에 속이 편하지 않았기 때문이었다. 여자 동기와 군면제 판정을 받은 동기 대부분이 취직을 했고 일부는 공인회계사 시험과 행정고시에 합격했다는 소식을 듣자 허탈한 마음이 들었다. "군대 때문에 나만 뒤처진 것 아닌가" 하는 생각을 하던 차에 2년간 오른 등록금 고지서가 김 씨의 속을 뒤틀리게 한 것이다.

대학가 복학 창구에는 매학기가 시작될 때마다 제2, 제3의 김기동 씨가 넘쳐나고 있다. 장교나 부사관 입대 등 일부를 제외하면 4년제 일반 대학에 다니는 학생들은 1, 2학년, 전문대에 다니는 학생들은 1학년을 마치고 대부분 군에 입대하고 있다. 군 입대 휴학을 한 후 다시 학교에 복귀하는 데 2년에서 3년의 시간이 소요된다. 육군 제대자라면 2년 내에 대부분 복학할 수 있다. 그렇지만 복무 기간이 27개월인 공군은 입대와 복학 시기가 맞지 않으면 꼬박 3년이 걸린다. 복학할 때는 군에 가 있는 동안 오른 등록금 때문에 자주 다툼이 발생하고 있다.

인상된 등록금이 몇 만 원 정도라면 큰 문제가 아닐 수 있다. 그렇지만 최근 몇 년간 등록금이 가파르게 오르면서 2년간 등록금 차이가 백만 원을 넘는 경우도 심심치 않게 발견할 수 있다.

예를 들어 연세대학교 자연계열의 경우 2004년 한 해 등록금은 591만 8천 원이었지만 2006년에는 7백만 6천 원으로 2년간 인상된 등록금 차액이 108만 8천 원이었다. 이는 연세대 자연계열에 다니던 남학생이 2004년 1월 군 입대 휴학을 한 후 2006년 3월 복학했다면 2006년 납입한 등록금은 2004년에 비해 108만 원이 더 많다는 의미이다. 4년 만에 대학을 졸업하는 사람과 군대 때문에 6~7년 만에 졸업하는 사람이 내는 등록금 총액을 비교하면 그 차이를 확실하게 알 수 있다.

2천 년 연세대 예, 체능 계열로 입학한 여학생이 4년 만인 2004년 2월 졸업할 경우 입학금을 제외한 4년간 등록금 총액은 2355만 원이었다. 그러나 같은 해 입학한 남학생이 2004년 2년간 군 입대 휴학을 하고 2006년 2월 졸업할 경우 등록금 총액은 2663만 원으로 늘어났다.

▌연세대 예체능계열 재학 기간에 따른 등록금 변화(단위: 원)

항목		군필 대학생(남)		군면제자/여자 대학생	
재학 기간	등록금	2000~2001	11,170,000	2000~2003	23,555,000
		2002~2003 (군복무 기간)	0		
		2004~2005	15,464,000		
계		26,634,000		23,555,000	

┃ 연세대학교 예체능계열 등록금 인상추이 -최순영 의원실- (단위: 원)

연도	등록금	인상률
2000년	5,432,000	0.0%
2001년	5,738,000	5.6%
2002년	5,927,000	3.3%
2003년	6,458,000	9.0%
2004년	7,518,000	16.4%
2005년	7,946,000	5.7%
2006년	8,900,000	12.0%

군대 2년을 포함해 6년 만에 학교를 졸업한 남학생이 낸 등록금이 4년 만에 졸업한 여학생이나 군면제자보다 3백만 원 이상 많다. 학교를 다니는 본인도 괴롭겠지만 군대 간 아들을 둔 학부모들도 추가로 등록금을 마련하느라 공통으로 겪게 되는 어려움이다.

☻ 허리 휘는 복학생 생활비

2007년 2월 서울대 학생처는 서울대생의 한 학기 평균 생활비를 추산해 발표했다. 평균 생활비에는 등록금과 주거비, 식비, 학원수강료, 교통비는 포함시켰고 개인별 차이가 큰 옷값과 해외연수비는 뺐다. 또 강의가 있는 4개월을 한 학기로 잡았고 방학 기간은 제외하였다.

보고서에 따르면 서울대생의 한 학기 평균 생활비는 서울 지역에 사는 학생이 5백만 원, 기숙사에 사는 학생이 583만 원, 지방출신으로 서울 시내에 사는 학생이 720만 원이었다.

▌ <서울대 학생처 – 서울대 한 학기(4개월) 생활비> (단위: 만 원)

항목		기준	서울거주	지방출신 (기숙사거주)	지방출신 (시내거주)
주거비		학교주변월세	0	43	140
교육비	등록금	공대기준	270	270	270
	교재비		30	30	30
자기 계발비	학원수강	어학연구소강좌	40	40	40
	사무용품		8	8	8
	취미여가		52	52	52
생활비	식비	한끼 4천 원, 간식 2천 원	60	120	120
	교통비	버스, 지하철요금	20	0	20
	공공요금	인터넷, 전화	20	20	40
계			500	583	720

목돈으로 내는 등록금을 제외하면 학생들은 매달 57만 5천 원에서 112만 5천 원은 있어야 학교를 다닐 수 있었다. 학생들이 쓰는 생활비가 차이가 많이 나는 이유는 주거비 때문이다. 지방출신으로 서울시내에서 사는 서울대생들은 전, 월세 비용과 식비 등으로 서울 지역 거주자들보다 매달 55만 원 이상의 돈을 더 써야 했다. 매달 생활

비와 1년치 등록금을 합치면 서울대생이 1년 동안 쓰는 생활비는 1230만 원에서 1890만 원이었다. 만약 사립대학에 다닌다면 등록금이 비싸기 때문에 일부 학생의 1년 생활비는 2천2백만 원에서 2천3백만 원을 훌쩍 넘길 것으로 예상된다.

대학생 1년 생활비가 이처럼 많이 드는 만큼 대학을 오래 다니면 다닐수록 부담은 커지게 된다. 인사취업 전문기업인 인쿠르트가 2006년 4년제 대학 졸업자 만 7천933명을 대상으로 재학 기간을 조사한 결과 남성은 7년 2개월, 여성은 4년 8개월 동안 학교를 다닌 것으로 나타났다. 남성의 재학 기간이 여성보다 2년 4개월 더 긴 것은 군 입대 휴학에다 취업 준비를 하느라 시간이 많이 걸렸기 때문이었다. 결국 남학생은 여학생이나 군면제자보다 더 많은 생활비를 쓰고 대학을 졸업하게 된다는 의미이다.

예를 들어 2006년 3월 서울대에 입학해 4년 만인 2010년 2월 졸업하는 군면제자와 같은 해 입학해 군 입대 휴학 2년을 하고 2012년 2월 졸업하는 남학생의 생활비를 추산해 보면 최고 150만 원 이상 차이가 난다.

■ 시내거주 서울대생 1달 생활비 112만 5천 원 /
  소비자 물가상승률 2.6% 기준으로 추산(단위: 원)

항목		군필대학생		군면제자/ 여자 대학생	
재학 기간	생활비	2006~2007	27,350,000	2006~2009	56,140,000
		2008~2009 (군복무 기간)	0		
		2010~2011	30,310,000		
계		57,660,000		56,140,000	

2007년 5월 한국일보가 서울대를 비롯한 서울시내 6개 대학에 재학 중인 지방출신 145명의 생활비를 조사한 결과 57%가 생활비 전액을 부모에게 의존하고 있다고 대답하였다. 재학 기간이 늘어나면 날수록 부모의 등골도 동시에 휘게 된다.

어학연수, 배낭여행은 여성 전성시대

😊 거침없는 여학생 어학연수

동국대 2학년 이 모 양은 중국 베이징에서 6개월째 어학연수를 받고 있다. 이 양이 학교를 휴학하고 중국으로 간 것은 현지에서 어학연수를 하는 게 여러 측면에서 유리하다는 결론을 내렸기 때문이었다. 이 양은 대학을 졸업하면 중국에서 섬유업을 하는 친척 회사에 취직하거나 대기업에 입사할 생각을 갖고 있다. 이를 위해서는 어학연수를 통해 중국어 실력을 늘리는 게 가장 빠른 길이라고 판단하였다.

이 양은 생활비와 학비, 항공료 등 중국 어학연수비로 천2백만 원에서 천5백만 원 정도가 들 것으로 예상하고 있다. 그래도 얼어붙은 국내 취업경기를 고려하면 충분히 투자할 만한 가치가 있다는 생각이다. 전국 곳곳의 유학 상담 센터에 가면 이 양과 비슷한 생각으로 어학연수의 문을 두드리는 학생들이 많다. 특히 남학생보다 여학생의 모습을 더 자주 보게 된다.

연간 6천여 명의 유학생을 미국, 영국, 캐나다, 호주 등지로 내보내고 유학닷컴은 어학연수 분야 상위권 업체이다. 이 업체에 따르면 2007년 1월부터 5월까지 해외로 내보낸 어학연수생 중에 57.5%가 여성이었다. 유학원 측은 2천 년 이후 여학생 비율이 남학생보다 낮았던 해는 없었다고 한다.

이는 군복무 부담이 없는 여학생들이 취업이나 진학을 위해 어학연수를 선택하면서 생긴 현상으로 풀이된다. 남학생들은 여러 측면에서 어학연수를 가기에 불리하다. 군대에 갔다 오지 않은 남학생이 어학연수를 가려면 해외 대학이나 학원에 등록하고 있다는 사실을 서류로 증명해야 한다. 그런 절차 없이 여학생처럼 휴학하고 어학연수를 가면 바로 군 입대 영장이 나오기 때문이다.

이런 불편으로 인해 남학생들은 군대에 갔다 온 이후에 어학연수를 가는 경우가 많다. 2007년 7월 'KBS 생방송'심야토론 '군복무 가산점제 다시 살려야 하나'라는 토론회를 보고 주부인 'usu33' 님이 네이버 지식인에 남긴 글을 보면 저간의 사정을 짐작하여 볼 수 있다.

"제가 대학시절 휴학하고, 어학연수 갔을 때 보면 한국의 남자들은 거의 군 제대하고, 복학 전에 오거나, 군 제대하신 분들이 대다수였습니다. 아니면 군대 안 가는 남자들…… 그래서 나이가 26세 후반이 많은데, 그에 비해 일본이나 중국인들 아님 외국인들 보면 대체로 22, 23이 많았습니다. 많이 여행 다니고, 배우고 하는데…… 한국 젊은이들은 그 좋은 시간 군대에 다 바치고. - 중략

그나마 제대 이후에 어학연수를 선택하는 남학생들은 상대적으로 여유가 있는 사람들이다. 그렇지 않은 대다수 남학생들은 취직이 훨씬 더 급하다. 군복무를 마치고 대학을 졸업하면 26~7세. 요행히 바로 취업하면 모를까, 그렇지 못한 사람은 1년만 취직준비를 더 한다 해도 20대 중, 후반이 되어 버린다. 대학을 졸업한 30세 가까운 성인 남자를 경제적으로 계속 뒷바라지할 만큼 능력 있는 부모가 과연 얼마나 될까? 경쟁력을 키우려면 어학연수를 가야 하고 그럴 여건은 되지 않는 20대 대한민국 남자들은 이래저래 고민이 많다.

😊 세계화 시대는 20대 여성이 먼저

대학가 여름방학이 시작되는 6월~7월 초 인천공항에서는 하루 수백 명의 배낭여행객이 해외로 출국한다. 여행 지역도 다양하다. 로마 유적지에서 파리의 루브르 박물관, 스위스의 로만 호수까지 훑는 유럽코스가 있는가 하면 도쿄에서 삿포르까지 가는 일본 코스도 있다. 단순한 관광지 순례는 물론 박물관 답사, 유명 건축물 탐방, 한국진출 기업 탐방 등 여행목적도 다양하다. 예전에 비해 인기가 떨어졌다고 해도 배낭여행은 여전히 20대 젊은이들의 상징이다. 짧게는 일주일에서 길게는 한 달까지 배낭 하나 메고 외국 젊은이들과 부딪치는 것은 20대가 누릴 수 있는 매력이고 특권이다.

배낭여행을 떠난 사람 중에 20대가 차지하는 비중이 50%가 훨씬 넘는다는 사실은 그런 특징을 잘 대변하고 있다. 그런데 인천공항에서 배낭여행을 떠나는 젊은이들을 보고 있으면 20대 여성이 훨씬 많아 보이는 걸 느낄 수 있다. 코스닥에 상장된 여행전문기업인 하나투어에 따르면 2006년 '하나투어 배낭여행 상품'을 이용한 20대는 모두 5276명이었다. 이 중 여성이 3238명으로 남성 2038명에 비해 천 명이 많았다. 2005년에도 같은 상품을 이용한 20대 배낭여행객 중 여성은 2038명으로 1521명이던 남성보다 15%가량 많았다. 유독 20대 여성 배낭 여행객이 20대 남성에 비해 월등하게 많은 이유는 무엇일까? 그중 하나는 20대 초반 남성들이 병역 의무를 이행하느라 그 시기에 군대에 가 있다는 점이다. 군복무 부담이 없는 여성들은 취업과 인생경험 등 여러 가지 이유로 자유롭게 배낭여행을 선택할 수 있지만 같은 나이 또래의 남성들은 그렇지 못하다.

연말 취업시즌이 다가오면 언론사들은 취업 전쟁에 성공한 사람들의 이야기를 게재하는 경우가 많다. '인재경영, 현대자동차 신입사원 류민경 씨의 포부'라는 동아일보 기사도 그런 경우에 해당된다. 류 씨가 일본 배낭여행 중에 방문했던 도요타자동차의 상설 전시장이 현대자동차 입사로 이어지게 되는 계기가 됐다는 게 기사의 골자였다.

되짚어 생각하면 류 씨가 배낭여행의 기회를 갖지 않았다면 현대자동차에 입사하겠다는 동기를 얻지 못했을 것이다. 여성이든 남성이든 세계와 호흡하고 미래의 경쟁력을 키우는 데 도움이 된다면 배낭여행이든 어학연수든 적극 장려할 일이다. 문제는 세계로 열려 있는 창문이 군대에 가는 20대 남성에게는 좁고 여성이나 군면제자에게는 넓다는 데 있다. 20대 초·중반이 인생전체에 미치는 영향을 볼 때 이런 기회의 불균형이 사회의 불균형을 초래하지 않을까 우려된다.

멀어져 가는 전문가의 꿈

😊 의학전문대학원 합격자의 7할은 여성

우리나라에서 의사는 대표적인 전문가로 손꼽히고 있다. 사회적 지위도 그렇고 경제적으로도 변호사나 변리사와 함께 평균 소득 1위를 다투는 직종이다.

그래서 의대는 입학하기 어렵기로 유명했고 최근에는 지방에 있는 의대도 내신 1등급, 수학능력 시험 성적 상위 1~2% 안에 들어야 원서라도 낼 수 있다는 게 입시기관들의 공통된 의견이다. 그동안 의대 합격자 중에는 남학생이 더 많았다. 2005년의 경우 의대 본과 1학년에 재학 중인 남학생은 2338명, 여학생은 1257명으로 남학생 대 여학생 비율은 6.5대 3.5였다. 의사고시 합격자 수도 이 정도 비율을 유지해 왔다. 2007년 의사고시 합격자는 남자가 2112명, 여자가 1193명으로 6 대 4의 비율이었다.

그러나 최근 전국 41개 의과대학 가운데 27개 대학이 의학전문대학원 체제로 바뀌면서 이 같은 남, 여 구성비가 역전될 조짐을 보이고 있다. 지금까지는 고등학교를 졸업하고 6년 과정의 의학대학을 마치면 의사가 될 수 있었지만 앞으로는 대학을 졸업하고 전문대학원에서 4년간 더 공부해야 의사가 된다. 그런데 2005년 치러진 의학전문대학원 입시에서는 합격자 151명 중 여자가 63%인 95명, 남자가 37%인 56명이었다. 의과대학 남, 여 입학비율과 정반대의 결과가 나왔다. 수학능력시험을 치르고 입학할 때는 의대생의 65% 정도가 남학생이었지만 의학전문대학원제도로 바뀐 이후 그 비율이 뚝 떨어진 것이다.

의학전문대학원에 진학하기 위해 치르는 의학교육입문검사(MEET) 원서접수 결과를 보면 이런 추세는 당분간 계속될 것 같다. 2008학년도 의학교육입문검사 원서접수 결과를 보면 총 840명 모집에 3947명이 지원했고 지원자 중 여성이 남성보다 605명 많은 2276명이었다. 이 같은 현상을 놓고 의료계에서는 다양한 분석을 하고 있다. 그중하나는 군복무 때문에 남학생들이 불리해지지 않았냐는 의견이 있는데 상당한 설득력이 있다.

2005년의 경우 의학전문대학원 남자 합격자 56명 중 40명은 군필자이고 군미필자는 11명이었다. 남성들이 여러 가지 사정을 종합한 결과 군복무를 마치고 시험준비를 하는 게 낫다고 판단한 것이다.

김춘진 의원실 발표 자료 2006

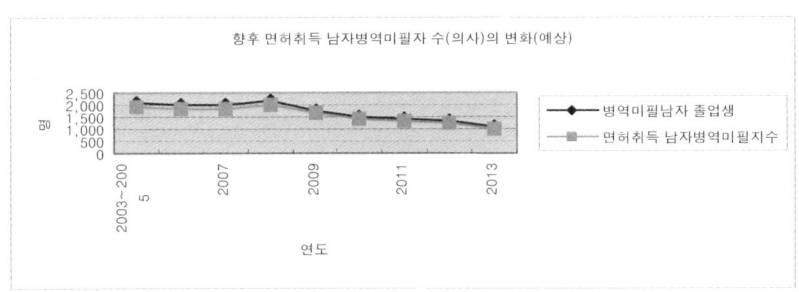

향후 면허취득 남자병역미필자 수(의사)의 변화(예상)

그러나 남성들은 1, 2학년을 마치고 군대에 갔다 와서 의학전문대학원 입학준비를 하게 되면 학업의 단절 현상으로 시험준비에 상당한 어려움을 겪게 된다. 반면 고교 3년간 공부를 하고 대학에 들어간 여학생은 같은 기조로 다시 4년 동안 의학전문대학원 입학 준비를 하면 되기 때문에 여러모로 유리하다. 특히 최근에는 대학에 들어갈 때 아예 의학전문대학원 진학을 염두에 두고 과를 선택하고 있는 경향이 뚜렷하다.

2008년 의학교육입문검사 시험에 원서를 낸 사람 중에는 의대진학에 유리한 생물학 전공자가 36%나 된다. 사실상 의학전문대학원에 가기 위해 고등학교 기간을 포함해 5년 이상을 매진하는 사람과 중간에 병역의무를 이행하느라 학업이 단절되었던 사람이 경쟁하면 누가 유리하겠는가? 의학전문대학원에 진학하려는 남학생을 둔 학부모의 부담도 상대적으로 커지게 된다. 2005년 의학전문대학원 전형 결과처럼 남성 합격자의 70%가 군필자라고 할 경우 대학 4년, 군복무 기간 2년, 전문대학원 4년 등 도합 10년 만에 의학전문대학원을 졸업할 수 있다. 아들을 둔 학부모는 최소 10년을 뒷바라지해야 한다는 뜻이다.

의학전문대학원 학비가 1년에 최소 1500만 원이 넘는 상황에서 어느 정도 재력을 갖추진 않은 학부모는 엄두도 내지 못할 일이다. 반면 여성은 최소 8년이면 대학과 대학원 과정을 마칠 수 있다. 그만큼 부담을 덜 수 있다는 의미이다.

2009년부터 로스쿨이 도입되는 변호사 업계도 의학전문대학원과 비슷한 양상이 나타날 가능성이 크다. 현재 사법시험 합격자 중 남성과 여성 비율은 7 대 3 내지 6 대 4 정도다. 2006년 사법연수원에 입소한 연수원 37기의 경우 977명 중에 남성이 69%인 668명, 여성이 31%인 309명이었다. 의과대학 체제로 신입생을 뽑을 때 남, 여 입학 비율과 비슷하다. 로스쿨이 개원되면 로스쿨에 들어가려는 사람 중 상당수는 고등학교 때부터 목표를 세우고 도전하게 될 것이다. 5년 이상 로스쿨 도전을 위해 매진하는 사람, 중간에 군복무 때문에 단절이 생기는 사람과의 경쟁, 공정하다는 생각이 들지 의문이다.

😎 전문직 여성이 늘고 있다

올해 결혼 10년차를 맞은 이 모 씨, 심각하게 이혼을 고민하던 이 씨는 얼마 전 이혼소송을 위해 서울 가정법원을 찾았다. 신혼 때부터 속 썩였던 남편의 바람기 때문에 속이 망가질 대로 망가진 그녀는 판사 앞에서 하소연이라도 하고 싶었다. 그러나 조정절차를 위해 판사실에 들어선 이 씨는 순간 당황했다.

"저 – 판사님은 어디 계신가요?", "전데요"

깜찍한 단발머리 차림의 앳된 얼굴의 판사를 본 이 씨는 자신의 처지를 잊고 묘한 기분에 사로잡혔다고 한다. 적어도 결혼 생활과 육아 경험이 있는 연배가 지긋한 판사 앞에서 속이라도 털어놓으려 했던 이 씨의 기대는 무너졌다. 따라 들어온 남편도 헛기침을 하면서 당황한 표정이었다. 인생의 갈림길에 선 40대 중년 부부가 20대로 보이는 젊은 판사에게 심판을 받는 게 왠지 내키지 않았다고 한다.

2007년 예비판사 임용자 중 여성이 차지하는 비중은 63%다. 남자 판사가 드물어 남자판사 이름 외우기가 쉬워졌다는 농담이 오갈 정도다. 앞으로 이 씨와 같은 사례가 더 자주 일어날 것임을 충분히 예상할 수 있다. 행정고시도 비슷한 경향을 보이고 있다.

2006년 행정고시 전체 합격자 중 여성이 차지하는 비율은 40.1%였고 2005년은 38%였다. 외무고시는 2007년 합격자 31명 중 여성이 21명, 2005년에는 합격자 19명 중 여성이 10명이었다.

▌ 최근 5년간 외무고시 합격자 현황

구 분	2007		2006 (여성)	2005 (여성)	2004 (여성)	2003 (여성)
	일반(여성)	지방인재(여성)				
계	30(20)	1(1)	25(9)	19(10)	20(7)	28(10)
외교 통상	28(20)	1(1)	23(9)	18(9)	18(6)	26(8)
영어 능통	2(0)	–	2(0)	1(1)	2(1)	2(2)

사법고시와 행정고시, 외무고시, 공인회계사 시험처럼 전문직 시험은 시험준비 기간만 3~5년 정도 걸리는 어려운 시험이다. 이런 전문직 시험에서 여성이나 군면제자는 남성 수험생이 겪는 군복무로 인한 학업 단절현상을 겪지

않아도 되기 때문에 시험 준비를 하기가 상대적으로 유리하다. 2002년부터 2006년까지 사법시험에 합격한 남성 중 군필자 비중은 70에서 80% 사이였다. 이는 대부분의 남성 수험생들이 학업 단절 현상을 피하기 위해 병역의무를 마친 후에 집중적으로 시험 준비를 했다는 것을 의미한다. 요즘 고시에서 여성의 약진과 새내기 판사의 여초현상은 결코 우연이 아니다.

😊 3년 동안 메스를 잡지 못한 의사

지난 2005년 의과대학을 졸업한 박 모 중위. 박 중위는 일산에 있는 대학병원에서 1년 동안 인턴 생활을 하고 2006년 군에 입대했다. 경기도에 있는 기계화 부대에 배치된 박 중위는 2년째 군의관 생활을 하고 있다. 박 중위가 복무하는 부대는 유사시 의정부 방면에서 서울로 진입하는 북한군을 막아야 하는 주력부대이기 때문에 크고 작은 훈련이 많다.

8월에는 야외기동훈련을 다녀왔고 조만간 진지 보수를 하기 위해 다시 출동해야 한다. 그래도 박 중위는 초임 시절 부대 사정을 제대로 몰라 헤맸던 것과 비교하면 한결 여유가 생겼다. 복무 기간이 절반쯤 지난 박 중위의 요즘 고민은 제대 후이다.

미래를 생각해 정신과 전문의 자격증을 따고 싶지만 4년간 레지던트 과정을 생각하면 쉽게 결론을 내릴 수 없다. '제대하면 32살, 레지던트를 마치면 36살~'. 인턴 생활을 함께했던 여자 후배는 이미 레지던트 2년차 생활이 거의 끝나 가고 있다.

제대 후에 4년차 레지던트가 된 후배 밑에서 레지던트 1년차 생활을 할 생각을 하면 보통 답답한 게 아니다. 박 중위는 그래도 3년 동안 한 번도 메스를 들고 외과 수술을 한 적이 없다는 의무중대장의 말을 위안으로 삼고 있다. "외과전문의가 3년 동안 수술칼 한 번 잡지 못했다니" 속으로 쓴웃음이 나왔다. 군의관이라면 누구나 하게 되는 고민이라고 한다. 그들이 더 답답해하는 건 그 소리에 귀 기울여 주는 곳이 없다는 것이다. 오히려 장교로 가서 편하게 지내면서 배부른 소리를 한다는 힐난을 받지 않으면 다행이다. 그러나 찬찬히 살펴보면 의사들의 군복무는 불합리한 요소가 한두 가지가 아니다. 의사 중에 매년 군의관으로 임관되는 사람은 8백여 명에 불과하다. 나머지 천6백여 명은 상대적으로 편한 공중보건의로 복무하게 된다.

군미필 의사들은 대체로 보충역인 공중보건의를 선호한다. 첫째 이유로는 복무 기간이 짧기 때문이다. 군의관은 훈련 기간을 포함하면 38개월 1주일을 복무해야 하지만 공중보건의는 훈련 기간이 4주여서 37개월만 복무하면 된다.

둘째로는 제약이 적어서다. 계급을 중시하는 군대 조직의 특성상 군의관들은 엄격한 위계질서를 지켜야 하고 각종 훈련에도 참가해야 하지만 공중보건의는 그런 부담이 없다.

셋째로는 의료기술 습득과 미래를 준비하는 데 차이가 있기 때문이다. 군의관이 보는 환자는 20대 초반 남성이 대부분이어서 전문성을 살리기 어렵고 레지던트 시험 준비 등을 하는 것도 어렵다. 반면 공중보건의는 쉽게 민간 의료기술에 접근할 수 있고 레지던트 시험 준비도 자유롭게 할 수 있다. 여러 측면에서 군의관 복무가 더 불리하지만 이를 보완해 주는 조치는 없다. 병역의무를 지지 않는 의사들과 비교하면 군의관이 부담하는 불이익은 더 크다.

인턴과정만 마치고 군에 온 경우 제대 이후 4년간 레지던트 과정을 밟고 전문의 자격증을 취득해야 한다. 군의관이 군복무를 하는 동안 레지던트 과정을 밟은 여의사와 군면제 의사는 군의관이 복무를 마치고 제대하면 레지던트 4년차가 된다.

2006년 의사 전용 인터넷 서비스인 '아임닥터'에 따르면 전문의 평균 연봉은 9천2백만 원, 인턴과 레지던트 평균연봉은 2872만 원이었다. 군복무 부담이 없는 여의사나 군면제 의사가 전문의를 따서 9천만 원이 넘는 연봉을 받을 때 군의관 출신은 레지던트 2년차로 3천만 원도 되지 않는 연봉을 받고 생활해야 한다.

최근 신규 의사면허 취득자 열명 중 3~4명이 여의사이다. 이들이 군의관에 비해 반사이익을 얻고 있는 것은 틀림없는 사실이다. 의사가 사회특권층이라는 시각 때문에 군의관이 겪는 불이익은 사회의 주목을 받지 못하고 있지만 군의관이 제기하는 불만은 일반인들이 보기에도 충분한 설득력을 갖고 있는 것 같다.

7

국가 배상, 민간보상은 없다

😊 무조건 배상. 보상에서 제외되는 군복무 기간

2003년 2월 대구지하철 참사로 숨진 손 모 씨(당시 22세. 대학생) 가족은 특별 위로금과 배상금을 합쳐 5억 백여만 원을 보상금으로 받았다. 그러나 손 씨 가족이 받은 보상금은 같은 또래 여성보다 적었다. 국가배상법상 시행령에서 23세 미만 남자는 무조건 36개월 동안 군복무를 했다고 간주해 그 기간을 보상에서 제외하였기 때문이었다.

당시 여성은 20세부터 60세까지 일한다고 간주해 480개월치 임금으로 보상해 줬고 남성은 36개월간 군복무를 한 것으로 간주해 444개월치 임금만 보상했다. 손 씨의 어머니 유춘화 씨는 아들이 26개월 동안 현역으로 복무했는데 왜 36개월간 복무한 것으로 보고 보상금을 적게 지급했냐며 이의를 제기하였다.

유 씨 가족의 지적이 일리가 있다고 판단해 정부는 결국 국가배상법 시행령을 개정했다. 정부는 새 법에서 '피해자가 남자인 경우에는 사고 당시 병역법상 군복무 기간, 피해자의 군복무 가능성, 복무 기간 조정 가능성 등을 종합적으로 참작해 피해 기간을 산정하도록 했다. 새 법이 시행되면서 과거 손 씨와 같은 피해자가 발생하면 정부는 육군 복무 기간인 24개월만 제외한 456개월치를 보상하고 있고 군복무가 불가능한 장애인은 여성과 마찬가지로 480개월치 전부를 보상하고 있다. 그러나 현재 시행되고 있는 국가배상법 시행령도 문제가 있기는 마찬가지다. 이 법에 따르면 군 미필 남성 피해자의 배상액은 여성이나 군면제자에 비해 항상 적다. 피해자가 여성이나 장애 남성이면 480개월치 임금을 받을 수 있지만 군복무가 가능한 남성들은 무조건 군복무 기간에 해당하는 24개월치는 보상을 받을 길이 없다. 그런 측면에서 이 규정은 두 가지의 큰 문제가 있다. 우선 남성 피해자가 장교나 부사관, 공중보건의, 산업기능요원, 전문연구요원처럼 돈을 벌면서 병역의무를 이행할 가능성이 있다는 점을 아예 무시하고 있다.

두 번째로는 현역병이나 전·의경, 공익근무요원이 의무 복무를 하지 않았더라면 그 기간 동안 경제활동에 종사하면서 돈을 벌 수 있다는 사실을 간과했다. 민간보험에서도 같은 문제가 발생하고 있다. 보험업체도 국가배상법 시행령과 마찬가지로 군복무 기간을 보상에서 제외하고 그 근거를 보험약관에 규정하고 있다.

삼성화재 애니카 자동차 보험 보통약관에서는 '취업가능 일수를 산정할 때 취업 시기는 20세로 하되 군복무 해당자는 그 기간을 감안해 취업가능월수를 산정한다'라고 되어 있다. 이는 군복무 기간은 보상 기간에서 제외한다는 뜻이다.

예를 들어 20세 남녀 대학생이 승용차를 타고 속초로 관광을 가다 교통사고를 당해 사망했다면 현역 입영이 가능한 남자 대학생은 군복무 예상 기간 24개월을 제외한 456개월치 평균임금을 보상받지만 여자대학생은 480개월치 평균임금을 삼성화재로부터 받게 된다. 국민에게 병역의 의무를 부과하고 있는 나라에서 정작 병역의무를 이행하는 국민의 가치를 철저히 무시하고 있는 셈이다.

셋째 마당

다른 나라 병역제도

징병제, 모병제

😊 징병제, 모병제

군에서 필요로 하는 인력을 획득하고 활용하는 병역제도는 크게 징병제와 지원병제로 나뉜다. 징병제는 국가가 법률에 따라 일정한 나이가 되면 국민을 징집해 강제로 복무시키는 제도이고, 지원병제는 개인이 자유로운 의사에 의해 국가와 계약을 맺고 군복무를 하는 제도이다.

병무청에 따르면 병역제도가 있는 154개국 중 징병제를 채택하고 있는 나라가 76개국, 지원병제를 채택하고 있는 나라가 78개국이다. 징병제를 채택하고 있는 나라는 우리나라를 비롯해 북한, 대만, 이스라엘, 독일, 그리스, 터키 등이다. 징병제 나라의 의무복무 기간은 평균 12개월에서 24개월 정도이지만 나라별로 차이가 크게 난다. 북한이 세계에서 가장 긴 5년에서 10년의 의무복무를 남성에게 부과하고 있다.

구소련이나 아랍권 국가들의 의무복무 기간이 대체로 긴 편이다. 이집트가 36개월, 시리아가 30개월, 키프로스가 26개월, 투르크메니스탄이 24개월, 베트남이 24개월에서 36개월간 군에서 복무해야 한다. 마케도니아, 슬로베니아처럼 6~7개월간 짧은 병역의무 기간을 둔 나라도 있다. 지원병제를 실시하고 있는 나라는 세계 최강의 미국을 비롯해 영국, 프랑스, 일본 등 서방 선진국이 대부분이다. 징병제를 실시했던 러시아는 지원병제로 군 구조를 개편하고 있는 중이다. 지원병제를 실시하는 나라들도 처음에는 징병제를 실시하다 군사적 위협이 줄어들거나 군 개편 계획에 따라 모병제로 바꾼 경우가 대부분이다.

2. 징병제를 채택한 나라

😊 북한의 군복무 기간은 세계에서 가장 길다

2006년 국방백서에 따르면 북한군 총 병력은 117만 명으로 백만 명의 육군과 6만 명의 해군, 11만 명의 공군을 보유하고 있다. 미 중앙정보국(CIA)이 올 7월 추산한 북한 인구가 2330만 명인 점을 고려하면 전 인구의 5%가 군인인 나라이다. 4900만 명의 인구를 갖고 있는 한국에 비해 인구는 절반이 되지 않는데도 불구하고 병력 수는 오히려 1.7배가 더 많다. 누가 보더라도 인구에 비해 과도하게 많은 군대이다.

북한 남성들이 병역의무를 지고 있는 근거 규정은 북한 사회주의 헌법 86조이다. 북한 헌법 86조에는 '조국 보위는 공민의 최대의무이며 영예이다.

공민은 조국을 보위하여야 하며 법이 정한 데 따라 군대에 복무하여야 한다'고 규정되어 있다. 조선인민군 입대절차에 따르면 만 14세가 되면 징집대상자로 등록되고 16세에 징병검사를 받는다. 신체

북한군 군사 퍼레이드 – cbc news –

검사 합격기준은 당초 키 150㎝, 체중 48㎏, 시력 0.8이었으나 식량난으로 청소년들의 체격이 왜소화되자 1994년 8월부터 키 148㎝, 체중 43㎏, 시력 0.4로 하향 조정되었다.

신체검사 불합격자, 성분불량자, 전과자는 징집에서 면제된다. 군대에 가지 않는 사람은 건설현장에 동원되는 '속도전 청년돌격대'에서 일하거나 직장 소속의 '교도대'로 편성된다. 여자도 고등중학교 졸업반이 되면 군 입대를 지원할 수 있다.

신체검사 합격자는 고등중학교 졸업 후인 17세를 전후하여 각 행정지역별 군사동원부가 징집 대상자들에게 초모통지를 하면 입대한다. 육군은 군단 또는 사단 신병훈련소

에서 병종별로 약 2개월간 교육을 받고 배치된다. 해군은 전대 신병교육대에서, 공군은 비행기지별 신병교육대에서 각각 2~3개월간 교육을 받고 복무를 하게 된다.

복무연한은 지상군은 3년 6개월, 해·공군은 4년이었지만 1993년 4월 김정일 국방위원장 지시에 따라 만 10년을 복무해야 제대할 수 있는 「10년복무연한제」가 도입되었다. 북한군의 복무 기간이 세계에서 가장 긴 5년에서 10년인 것은 경제난과 관련이 깊다. 한국이 첨단무기를 도입하면서 남·북한 간 전력균형이 깨질 우려가 커지자 병력을 늘려 이를 보완하고 있다는 게 군사 전문가들의 분석이다.

😀 이스라엘에서는 여자도 병역의무를 진다

이스라엘은 1956년 수에즈 전쟁을 시작으로 82년에는 레바논과 전쟁을 벌이는 등 독립 이후 5번의 큰 전쟁을 치른 나라이다. 전면전은 아니지만 지난해에는 레바논 헤즈블라와 격전을 벌였고 테러 사건도 자주 발생하고 있다.

그러다 보니 이스라엘은 군대와 떼려야 뗄 수 없는 나라가 되었다.

미 CIA에 따르면 인구는 6백42만 명이지만 17만 7천 명의

▌작전 중인 이스라엘군 –이스라엘 국방부–

현역 병력을 갖추고 있다. 여기에다 연간 39일간 현역복무를
하는 동원 예비군을 합치면 52만 명이 군인인 병영국가이다.

거의 인구 열 명 가운데 한 명이 군인이다 보니 이스라
엘 사회 전체는 군사문화의 색채를 띠고 있다. 그렇다고
해서 북한처럼 딱딱한 병영문화는 아니다. 거리를 돌아다
니는 군인들은 총을 거꾸로 메고 여자 사병은 선글라스를
끼고 다니지만 전투력은 세계 최강을 자랑하는 나라가 이
스라엘이다. 특히 뛰어난 정보수집능력, 강력한 공군과 기
갑부대, 그리고 신속한 동원예비군이 이스라엘을 중동 최
고의 군사강국으로 만들었다.

이스라엘에서는 만 17세가 되면 남녀 모두에게 병역의
무가 발생하며 고등학교 졸업 직후 징집된다. 남자는 36개
월, 여자는 21개월간 이스라엘 방위군(Israel Defense
Forces)에서 복무하며 여군은 주로 비전투 부서에 배치된
다. 고등학교 졸업장이 없는 군인은 군복무 기간 동안 방

이스라엘 여군 모습 –이스라엘 국방부–

위군이 제공하는 기본 계획에 따라 학업을 끝마치도록 하고 있다. 대체복무제는 없고 테러 위협을 감안해 아랍계 주민 일부에 대해서는 병역을 면제하고 있다. 의무 복무를 마친 후 모든 군인은 예비군으로 등록된다.

😀 독일에서는 종교적 이유로 대체복무가 허용된다

'철십자 훈장'은 1944년 독일·소련 전쟁에서 레닌그라드를 둘러싼 공방전 속에 독일군 참호에서 벌어지는 인간적 갈등을 그린 영화다. 이 영화에서 독일군 장교 '스트랜스키'는 전쟁 공로자에게 수여되는 최고의 영예인 철십자 훈장을 받기 위해 부하들을 전장으로 내몰았다. '무적의 전차, 강력한 군대'가 연상되는 독일군과 다른 모습이었다.

영화의 무대가 됐던 레닌그라드 전투에서 패배한 이후 독일군은 급격히 무너져 결국 1945년 5월 항복했다. 2차 세계대전에서 패배한 독일은 분단의 시대를 맞았고 미국과 소련편이 된 서독과 동독은 징병제를 통해 강력한 군대를 보유하였다. 독일은 1990년 통일이 됐지만 여전히 징병제를 채택하고 있는 국가이다. 다만 군복무 기간은 과거 18개월이었지만 통일 이후 9개월로 줄어들었다. 현역 28만 4500명의 군 병력 중에 94,500명은 징집으로 나머지 19만 명은 모집으로 충당되어 있다.

병역 판정을 할 때 학력은 고려하지 않고 범법자, 정신이상자, 장애인, 3남 이하 및 기혼자에 대해서는 병역을 면제한다. 직업군인으로 지원해 합격한 사람은 최소 4년, 최장 14년까지 복무한다. 독일은 현재 징집인원을 줄이고 직업군인을 확대하는 군 구조 개편 계획에 따라 총 병력을 25만 2천여 명으로 감축 중이다. 여성에게는 의무대와 군악대 이외에는 입대를 허용하지 않다가 2천 년부터 사병입대를 허용했다.

행사 중인 독일군　　　　　　　독일 여군 모습─독일 국방부─

　　독일이 우리와 다른 한 가지는 신앙, 양심, 종교상의 이유
로 전투행위를 거부하는 사람에게 대체복무를 인정한다는
것이다. 제1, 2차 세계대전을 통해 주변 국가를 침략한 전범
국가인 독일은 역사에 대한 반성 차원에서 대체복무를 인정
하는 근거를 1949년 제정된 헌법에 명문화시켰다. 대체복무
자는 10개월 동안 양로원과 병원 봉사, 자연보호와 같은 사
회봉사 업무를 하고 병역의무를 마치게 된다.

😊 타이완 현역병 월급은 한국보다 3배 많다

　　타이완과 중국 푸첸성 사이에는 타이완 해협이 흐른다.
이 해협에는 동서길이는 약 20km, 남북길이는 5~10km의

비교적 큰 섬인 진먼섬과 조금 작은 마쭈섬이 있다. 10여 개의 크고 작은 섬으로 이뤄진 진먼섬에는 4만여 명의 주민이 어업과 농업에 종사하며 평범하게 살고 있지만 두 섬은 평범한 섬이 아니다.

진먼섬과 마쭈섬은 중국이 대만을 침략할 경우 제일 먼저 점령해야 하는 전략적 요충지이다. 그래서 타이완도 이에 대비해 1992년에야 두 섬에 대한 계엄령을 해제할 정도로 두 섬을 철저하게 요새화시켰다. 중국의 군사적 위협을 크게 느끼고 있는 타이완은 징병제를 통해 29만여 명의 현역병과 165만 7천 명의 예비역 병력을 유지하고 있다.

타이완 남성들은 징병 검사를 받으면 사병역과 체대역 판정을 받는다. 이 중 사병역이 우리로 치면 현역이다. 16개월 동안 군에서 복무해야 한다. 체대역은 우리나라로 치면 사회복무에 해당되며 경찰, 소방, 환경, 의료 등의 분야에서 16~18개

▌ 타이완 해군 사열 모습

월간 복무하고 병역의무를 마치게 된다.

타이완도 독일처럼 종교적 이유로 현역 복무를 거부할 경우 대체복무를 허용하고 있다. 타이완에서 종교적 이유로 체대역이 되면 20개월을 복무해야 한다. 우리나라와 타이완 모두 징병제를 채택하고 있지만 장병 처우는 타이완이 훨씬 낫다.

2007년 사병 월급을 대폭 올렸다고 해도 우리나라 상병 월급은 8만 원에 불과하다. 반면 6년 전인 2001년 이미 타이완 현역 상병의 월급은 6595 타이완 달러였다. 현재 환율로 계산하면 20만 원쯤 된다. 대만의 1인당 GDP. 국내 총 생산액은 1만 5천 달러로 우리나라보다 적지만 징집된 사병에게 지급하는 월급은 우리보다 세 배 정도 많다.

▌ 타이완 공정대 훈련 모습-타이완 국방부

😀 팔로군의 전통이 살아 있는 중국

1949년 중국 공산당은 장제스가 이끄는 국민당 정부를 타이완 섬으로 쫓아냈다. 1911년 신해혁명으로 청나라가 멸망하면서 시작된 길고 긴 수십 년간의 싸움에서 중국 공산당이 결국 국민당을 물리치고 최종 승자가 된 것

중국 인민해방군 병사 -bosun.com-

이다. 승리의 주역은 중국 인민해방군이었다. 인민해방군은 1927년 중국 공산당이 남창에서 봉기한 이래 장정과 항일 전쟁을 거치면서 중국 공산당의 정규군으로 성장했다.

한때는 팔로군으로 불렸던 인민해방군이 승리할 수 있었던 요인 중 하나는 중국 인민들의 광범위한 지지가 있었기 때문이었다. 국·공 내전에서 중국인들은 부패한 장제스 군대보다 인민해방군의 손을 들어 주었다. 그런 전통이 있어선지 중국은 현재도 징병제를 고수하고 있다.

중국 국방백서에 따르면 중국 인민해방군 병력은 230만

명이다. 1985년 백만 명의 군인을 감축한 데 이어 2005년까지 모두 190만 명의 병력을 줄였지만 그래도 병력 수로는 세계 1위다. 육군만 해도 160만 명으로 어지간한 나라의 인구보다 많다.

평시에는 국경 수비, 반테러 처리에 투입되지만 전시에는 인민해방군과 함께 작전에 투입되는 무장경찰부대도 중국 군사력의 일부이다. 그러나 중국의 징병제는 우리가 생각하는 징병제는 아니다. 중국은 인구가 13억 명이나 되는 나라로 중국이 우리처럼 현역병을 뽑으면 군인만 1800만 명이 넘게 된다. 그래서 중국은 의무병과 지원병, 민병과 예비역을 상호 결합한 병역제도를 운영하고 있다. 일종의 선별적 징병제다. 중국 남성들은 18세가 되면 징집 대상이고 2년간 복무해야 하지만 대부분은 예비역인 민병조직에 편입되고 있다.

▌ 중국 무장 경찰부대 -bosun.com-

😊 영세중립국 스위스는 민병의 나라다

스위스는 알프스와 레만 호수로 유명한 관광 국가이자 국제노동기구를 비롯하여 유엔 산하 국제기구가 많은 영세 중립국이다. 스위스가 영원히 중립을 선언한 나라라고 해서 국방력이 허술하다고 생각하면 잘못이다.

스위스는 국민개병주의에 입각해 모든 남자들에게 병역의무를 부과하는 나라다. 다만 우리나라와 비교해 볼 때 병역의무를 부과하는 형태가 다르다

우리는 징병검사를 받으면 대부분 현역으로 군대에 가야 하지만 스위스는 그렇지 않다. 평상시에는 생업에 종사하면서 동원 훈련만 받다가 전쟁이 일어나면 현역으로 복무하는 민병제를 채택하고 있다. 그래서 평상시 스위스 정규군은 3500명을 넘지 않는다. 그러나 유사시 동원령이 발령되면 48시간 이내에 즉각 전투가 가능한 12개 사단을 포함해 35만여 명의 병력을 동원할 수 있는 능력이 있다.

▌ 스위스군 -스위스 국방 캘린더-

☺ 불교국가 태국에서는 승려의 병역이 면제된다

▌ 사열 중인 태국군 -태국 육군-

태국은 1800년에서 1900년대 인근 베트남과 인도네시아 등 동남아시아 일대가 프랑스와 인도네시아 등의 식민 통치를 받을 때에도 독립을 유지한 나라다. 그래서 국왕에 대한 존경심과 함께 독립유지에 첨병 역할을 한 군에 대한 국민들의 신뢰가 아주 크다. 그런 전통에 따라 태국은 징병제를 통해 강력한 군대를 갖추고 있다. 동남아시아에서 유일하게 항공모함을 보유하고 있는 나라가 태국이다. 태국 남성은 17세가 되면 병역 등록을 하고 현역복무가 확정되면 2년간 군에서 복무해야 한다. 다만 군사교육이수자, 공무원 등은 복무 기간이 1년으로 차등적용하고 있다.

특히 불교 국가의 특성상 승과에 합격한 승려는 병역을 면제시켜주고 있다.

😊 터키병역제도는 한국과 비슷하다.

터키는 6·25 전쟁 기간 중 육군 1개 여단을 파견해 한국을 지원했던 나라이다. 6·25 전쟁 당시 터키군은 '군우리 전투'를 비롯해 수많은 전투를 치렀고 참전 기간 중 721명이 전사하였다.

6·25 때 피로 맺은 인연 때문인지 우리와 터기는 형제의 나라라는 친근감을 갖고 있다. 두 나라 간 군사협력도 다른 어떤 나라보다 활발하다. 신형 자주포인 K-9를 터키에 수출했고 2007년에는 우리의 차세대 전차인 XK2 천대를 터키에 수출하는 방안이 양국 간에 논의되고 있다.

병역제도도 아주 비슷하다. 터키도 우리처럼 헌법에 '국방의 의무'를 규정해 놓고 하위법인 병역법에 남성에게 '병역 의무'를 부과하는 조항을 두고 있다. 복무 기간은 우리보다 짧다. 일반사병은 15개월, 단기사병은 6개월간 복무한다. 60만 명의 터키군 중에 45만 명이 징집병력이다.

┃ 터키 잠수함 전대-The Turkish Submarine Force-

지원병제를 택한 나라

세계 최강, 미군의 전투력은 어디서 나올까

지난 역사를 보면 세계 최강의 나라가 최고의 군대를 보유했다. 전성기 로마 제국 시절 '로마 군단'의 전투력은 세계 최고였고 12~13세기에는 동아시아부터 유럽까지 광대한 영토를 점령했던 몽골군에 맞설 나라는 없었다. 18세기에서 19세기 초 최고의 군대는 영국이었다. 영국군은 강력한 해군력을 바탕으로 북미대륙부터 인도까지 손에 넣었다.

현 세기 세계 최강의 군대는 자타가 공인하듯이 미군이다. 1990년 걸프전쟁을 시작으로 2001년 아프가니스탄 전쟁, 2003년 이라크 전쟁에 이르기까지 미군이 보여준 전투력은 가공할 만한 수준이었다. 1차 걸프전쟁에서 미군을 주축으로 한 연합군이 이라크군 탱크 4천 대를 파괴할 동안 이라크군은 고작 4대의 탱크를 파괴했을 뿐이었다.

▌ 미 육, 해, 공군 해병대 –미 국방부–

2003년 이라크 전쟁에서는 미군이 이라크의 수도 바그다드를 함락시키는 데 불과 20일이 걸렸다. 2006년 국방백서에 따르면 미군은 총 병력은 147만 명으로 50만 명의 육군과 37만 6천 명의 해군, 37만 9천 명의 공군, 17만 5천 명의 해병대로 구성되어 있다.

미국은 지원병을 모집해 세계에서 가장 강력한 군대를 유지하고 있다. 미국은 1차, 2차 세계 대전과 한국전쟁, 베트남 전쟁을 치를 때에는 징병제를 유지하다가 1973년부터 모병제로 전환하였다. 그러나 징병제를 완전히 포기한 건 아니다.

평시에는 모병제를 통해 병력을 충당하지만 전시에는 징병제로 전환된다. 모병제 유지의 핵심은 급여와 복지 수준이다.

충분한 급여와 복지 수준을 제공하면 쉽게 군인을 모집할 수 있지만 급여 수준이 열악하면 군 모집은 어렵게 된다. 미군의 급여 수준은 미국 민간기업보다 약간 낮지만 연금과 건강보험료를 고려하면 민간보다 약간 더 많은 것으로 알려져 있다.

▌ 미군 기본급(Basic Pay) <병무청>(단위: 달러)

계급	사병(부사관 포함)	준사관	장교(위관급)
기본급 /월	1178~5394	2361~6311	2416~5240

9월 원달러 환율 939원을 적용하면 미군 이병에서 원사까지 최저 기본급은 110만 원에서 최고 506만 원이다. 위관급 장교인 소위 기본급은 225만 원, 대위는 5백만 원 정도로 추산된다. 모병제를 유지하기 위한 또 다른 축은 군에서 제대한 후에 원활하게 사회에 복귀할 수 있는지 여부다. 미군은 모병을 원활하게 하고 제대자들의 사회복귀를 돕기 위해 육군 모병사령부에서 개발한 '모병 인센티브 프로그램'을 운용하고 있다.

이 프로그램은 한마디로 말하면 군복무를 지원할 때 전역 후에 취업할 회사를 미리 정하고 군은 군복무 중에 선정된 회사 취업에 필요한 교육 훈련을 시키는 것이다.

미군은 처음부터 '모병 인센티브 프로그램'을 고려해 부대에 배치하고 전역 6개월 전부터는 희망한 회사에 취업준비를 할 수 있도록 하고 있다. 유명 컴퓨터 회사

▌ 탈레반과 교전 중인 미군 −Defense LINK News Photos −

인 DELL(델), 세계적 음료회사인 Pepsi(펩시), 타이어 회사인 Good Year(굿 이어) 등이 육군 '모병 인센티브 프로그램'과 제휴를 맺은 대표적인 업체이다.

미군은 미 공군 전투기인 F-15 등을 상대로 가상 대결을 벌인 결과 140 대 0이라는 승리를 거둔 F-22라는 가공할만한 전투기를 보유하고 있다. 또 미해군은 F-18 전투기 등 80여대의 함재기를 탑재하는 항공모함만 12척을 갖고 있다. 전 세계 해군력을 모두 합쳐도 미군에 못 미치는 가히 타의 추종을 불허하는 막강한 전력이다. 그러나 이런 최첨단 무기뿐 아니라 급여와 복지, 전역 후 사회 복귀 프로그램까지 선진화된 시스템을 갖추었기 때문에 세계 최강의 군대가 유지되고 있는 것이다.

🦉 영국 해군, 공군에는 Royal이란 칭호가 붙는다

한동안 영국 왕실의 세 번째 왕위 계승권자인 해리 왕자가 대테러전이 수행되고 있는 아프가니스탄에 파견될 것으로 알려져 관심을 끌었다. 2006년 샌드허스트 사관학교를 졸업한 해리 왕자는 영국군에서 가장 오랜 전통을 지닌 '블루스 앤드 로열스' 여단에서 11명의 병사와 4대의 정찰 장갑차량을 지휘하고 있다. 왕위 계승권 2위인 해리 왕자의 형 윌리엄도 같은 부대에서 근위기병대 장교로 복무 중이다. 영국에서 왕실 남자들의 군복무는 지도층의 사회적 의무인 '노블레스 오블리제' 전통상 당연한 책무로 인식된다.

영국 왕실 홈페이지에 가면 왕실가족인 '로열패밀리'를 소개란에 군경력(military career)란이 별도로 있다. 찰스 왕세자는 왕립 해군 소속으로 1976년 기뢰 제거함과 함께 찍은 사진이 게재되어 있고 왕위 계승 서열 2위인 윌리엄 왕자는 2006년 키프로스에서 있었던 군사훈련 모습이 그리고 서열 3위인 해리 왕자는 근위기병대(HOUSEHOLD CAVARLY)에서 부대를 지휘하는 사진이 실려 있다.

찰스 왕세자의 동생으로 포클랜드 전쟁 때 최일선 조종사로 싸웠던 앤드루 왕자의 군경력 소개란에는 해군 조종사 시절 사진이 게재되어 있다. 이처럼 영국 왕실 남자들이 군에서 복무하는 전통이 살아 있는 만큼 영국군에는 Royal이란 명칭이 붙어 있다. 영국 해군은 Royal Navy, 영국 공군은 Royal Air Force이다. 육군만 Royal 명칭 없이 British Army라고 부른다.

영국 해군은 미국을 제외하면 전 세계에서 가장 강력하다. 미국 다음으로 많은 항공모함 4척을 보유하고 있는 영국 해군은 전 세계 어디라도 신속하게 군대를 보낼 수 있는 능력을 갖고 있다.

해리 왕자 부대 지휘 모습
(armour reconnaissance: 정찰대)

병력은 20만 6천 명으로 모집병으로 구성되어 있다. 철저한 직업군인의 나라로 18세 이상 28살 이하의 고등학교 졸업자 이상인 사람을 선발한다. 졸업성적은 C 학점 이상이어야 한다. 사병은 각 군 교육사령부에서 선발해 일정 기간 훈련 후에 임용하며 부사관은 별도로 선발하지 않고 근무성적이 우수한 병 중에서 선발한다. 장교는 사관학교인 '샌드허스트'에서 대상자를 뽑아 6개월에서 24개월간 교육시켜 임관시키거나 일반 대학생을 모집해 일정 기간 군사훈련을 시킨 뒤 임관한다.

군에서 복무하다 전사한 사람에게는 월급의 2분의 1에 해당하는 연금과 4년치 월급을 일시금으로 지급하고 부상자는 연금 총액의 3배를 일시금으로 지급하고 이후 매월 군인연금을 지급하고 있다.

▌ 항공모함 일루스트리어스(Illustrious) - 영국 왕립 해군

▌ 아프가니스탄에 주둔 중인 영국 해병대 42 Commando

😎 프랑스에는 외인부대 '레종 에뜨랑제'가 있다

프랑스는 상비군의 개념을 탄생시킨 나라이다. 그 주인공은 포병 장교 출신인 나폴레옹 황제로 나폴레옹은 프랑스 혁명을 위협하는 주변 국가들에 맞서기 위해 많은 군사력이 필요했다. 그래서 나폴레옹은 프랑스 국민들에게 일정 기간 군대에서 복무하게 하는 국민개병제를 실시하였다. 국민개병제 도입으로 막강한 군사력을 보유하게 된 나폴레옹은 20년 동안 유럽을 제패할 수 있었다. 러시아 원정 실패로 나폴레옹은 몰락의 길을 걸었지만 나폴레옹이 고안한 상비군 제도는 이후 유럽 국가들의 모델로 발전하였다.

그러나 상비군의 원조인 프랑스도 2001년 8월부터는 징병제를 폐지하고 지원병제를 실시하고 있다. 구소련이 몰락하면서 군사적 위협이 감소하였기 때문이다. 징병제에서 모병제로 바뀌는 데는 5년 6개월의 시간이 소요되었다. 그렇지만 전쟁이 일어났을 경우에는 미국처럼 징병제로 바꿀 수 있도록 명문화된 규정이 있다.

▌ 작전 중인 프랑스 해군 -프랑스 국방부-

대테러 작전을 수행하고 있는 프랑스군

총 병력은 34만여 명이다. 지원병의 복무 기간은 군별로 다르다. 육군은 4년, 해군은 3년, 그리고 공군은 직종별로 1년에서 4년간 계약을 맺고 군 생활을 하게 된다. 급여는 2003년 기준으로 일병은 1043유로, 상병은 1047유로, 병장은 1102유로이다.

9월 환율을 적용하면 137만 원 정도이지만 추가 수당 등을 고려하면 실제 받는 액수는 더 많을 것으로 추정된다. 프랑스군의 특징 중 하나는 외국인을 대상으로 모집하는 외인부대를 두고 있다는 점이다. 외인부대는 프랑스 정규군으로 '레죵 에뜨랑제'라고 불리며 프랑스의 신속대응군으로 분쟁 지역에 제일 먼저 파병된다. 복무 계약 기간은 5년이고 근무를 마치면 프랑스 시민권을 취득할 수 있다. 2003년 당시 해외에서 근무하는 5년 경력인 외인부대 상병의 월급여는 1372유로, 21년 경력인 상사의 월급여는 2209유로였다.

🌀 일본 자위대는 군대가 아니다, 그러나 강하다

1945년 8월 15일 히로히토 천황은 히로시마와 나가사키에 원자폭탄이 떨어지자 더이상 버티지 못하고 항복 선언을 하였다. 1941년 일본의 진주만 기습으로 시작된 태평

┃ 일본 해상 자위대

양 전쟁은 그렇게 끝이 났다. 종전 후 제정된 일본 평화헌법, 미국 주도로 제정된 평화헌법의 핵심은 전쟁을 할 수있는 '교전권'을 포기하고 침략전쟁을 위한 군대를 보유하지 않겠다는 것이었다. 그래서 현재도 일본에는 군대가 없다. 그러나 군대라는 명칭만 없을 뿐이지 사실상의 군대인 '자위대'가 있다. 자위대 전력은 막강하다. 특히 최신 잠수함 16척과 강력한 공격력을 갖고 있는 이지스함 5척을 보유하고 있는 해군력은 세계 3~4위 수준으로 평가된다.

자위대원은 모집에 의해 선발한다. 평화헌법상 징병제를 통해 자위대원을 모집하는 것은 금지되어 있다. 18세부터

일본 육상 자위대원

27세까지 자위대에 지원할 수 있고 학력 제한은 없다. 자위대원은 공무원 신분이다. 자위대원을 관장하는 방위성은 일본 최대의 공무원 조직으로 방위성 직원에 대한 급료는 국가 공무원 총 급료의 40%를 차지하는 것으로 알려져 있다.

자위대는 병력 중 간부 비율이 78%에 육박할 정도로 철저한 장교와 부사관 위주의 조직이다. 전쟁이 나면 백만 명 이상의 병력을 동원할 수 있는 체제를 갖추고 있다. 자위대 장교는 3가지 형태로 양성된다. 외국의 사관학교에 해당하는 '방위대학'을 졸업하거나 우리나라 대학의 학군장교처럼 일반대학을 졸업하고 간부후보생이 되는 길이 있다. 일부 장교는 사병이나 부사관에서 선발된다.

임기제 자위관인 사병의 복무 기간은 육상자위대가 2년, 해상과 항공자위대가 3년이다. 2~3년간 복무를 하고 군에 남을 것인지 결정해야 하고 두 차례 복무를 연장하면 부사관을 지원할 수 있는 자격이 주어진다.

넷째 마당

행복한 병역의무를 위한 길

핵심 빠진 개편 방안

☺ 국가기여정년제 도입은 어떨까

2007년 2월 정부는 군복무 기간 6개월 단축과 사회복무제 실시를 골자로 하는 병역제도 개편 계획을 발표했다. 그러나 정부 발표에는 알맹이가 한 가지 빠져 있었다.

군복무를 한 사람과 하지 않는 사람의 형평성을 어떻게 해소할 것인지에 대한 내용은 없었다. 이 중 하나가 정년 문제이다. 국가공무원법 74조에서는 공무원의 직무의 종류별 및 계급별 정년을 다른 법률에 특별한 규정이 있는 경우를 제외하고 5급 이상은 60세, 6급 이하는 57세로 규정하고 있다. 민간기업도 남녀, 군필자와 면제자 간에 적용하는 정년 규정은 같다. 그러나 현행 정년 규정은 군복무로 인해 입사가 늦어진 군복무자를 배려하지 않은 제도이다. 현재와 같이 사회에 진출하는 시기가 다른데도 불구하고 정년만 똑같이 적용하면 임금과 연금 수령액에 차이가 날 수밖에 없다. 따라서 정년 규정을 손질하여 군필자와 여성, 군면제자 간에 발생하는 불균형을 시정할 필요가 있다. 가장 좋은 방법은 군필자의 정년을 병역의무를 이행한 기간만큼 연장해 주는 것이다.

예를 들어 6급 이하 공무원 정년을 현역병의 제대자는 현행 57세에서 59세로 2년 연장하면 군필자와 여성, 군면제자 사이에 생기는 불평등 구조는 해소될 수 있다 군복무 기간이 18개월로 단축되면 군 복무자의 정년을 57세가 아닌 58.6세로 정하면 된다. 이렇게 군필자의 정년을 2년 연장하여도 형평성 시비가 크지 않을 것이다.

여성이나 장애인의 정년을 침해하는 것이 아니라 군복무로 인해 사회진출이 늦어진 사람에 대해 균형을 되찾아 주는 제도이기 때문이다. 대신 모든 군필자에게 정년 연장 혜택을 주는 것은 옳지 않다고 본다. 한 달에 8만 원의 월급을 받고 통제된 생활을 한 현역병과 현역에 준하는 복무를 한 전경, 의경, 경비교도대는 2년간 정년 연장 조치를 받아야 할 것이다. 집에서 출퇴근을 하면서 복무한 공익근무요원은 이들에 준해 인정하거나 아니면 어느 정도 차등을 두어도 무방할 것 같다. 그러나 월급을 받으면서 정상적인 사회생활을 한 산업기능요원, 전문연구요원, 공중보건의, 장교나 부사관은 상징적 차원에서 6개월 정도만 정년을 연장해도 충분할 것이다. 일종의 국가기여도와 난이도에 따른 차등 적용이다. 군필자에 대해 정년을 차등 적용하는 문제는 사회의 합의만 있으면 국가가 쉽게 실시할 수 있는 사안이다. 일단 공무원과 공기업에 적용하고 민간기업에 확산시키는 형태로 운용하면 제도 정착에 큰 어려움은 없을 것이다.

😀 전역 격려금, 군가산점제 고려해야

군에 갔다 사회로 복귀하면 2년 동안 오른 등록금, 생활비, 취업 학원비를 모두 자신이 부담해야 한다. 군대에 가지 않았으면 2년 전에 끝났을 부담을 새로 져야 하는 것이다. 병역의무를 마치고 사회로 복귀하는 전역자 입장에서 보면 억울한 생각이 들기 마련이다. 군복무를 마칠 때 퇴직금 성격의 전역 격려금을 주면 이런 불만을 해소하는 것은 물론 전역자의 사회정착에도 도움이 될 것이다. 예를 들어 50만 원 내지 백만 원 정도의 '전역 격려금'만 지급해도 대학 등록금에 보태거나 취업 학원비로 사용할 수 있다. 현재처럼 제대한 이후 용돈부터 등록금, 학원비까지 대부분을 부모에게 부담 지우는 것은 옳지 않다. 문제는 재원이지만 징병제를 실시하고 있는 타이완을 보면 그리 힘들 일이 아닐 것이다. 타이완은 우리나라보다 경제력이 작고 1인당 국민소득은 낮지만 우리보다 3배 많은 월급을 현역병에게 지급하고 있다. 이 문제는 인생 최고의 황금기를 거의 무보수로 나라를 위해 바치는 젊은이들에게 감사하는 마음이 있다면 쉽게 풀릴 수 있는 일이다. 1999년 폐지된 군가산점제도 다시 한번 고려할 필요가 있다.

현재 국회에는 병역의무를 마친 사람에게 공무원 시험, 공공기관 채용 시험에 응시할 때 총점의 2%를 가산점으로 주자는 내용의 병역법 개정안이 제출되어 있다. 이 법에서는 군필자에게 2%의 가산점을 주되 제도 남용을 막기 위해 군가산점을 받아 선발하는 인원을 20%로 한정하고 가산점을 적용받아 시험에 응시할 수 있는 횟수도 3회로 제한하였다. 국회 국방위원회에 계류되어 있는 이 법을 놓고 찬반 논란이 거세다.

찬성하는 측은 군필자에 대해 일종의 보상이 필요하다는 주장이고 반대하는 측은 현재와 같은 사회구조 아래서 이 법이 시행되면 여성, 장애인에 대한 차별이 불가피하다고 주장하고 있다. 그러나 사회는 인생을 준비할 20대 초반 나이에 매달 6~8만 원을 받고 생활했던 사람들의 마음을 이해해야 한다고 본다.

여성의 아픔과 장애인의 고통을 이해하지 못하는 남성이 사회의 갈등을 치유하고 화합을 이끄는 지도자가 될 수 없다. 반대로 군대에 갔다 온 남성들의 항변에 대해 '그런 데요'라고 되묻는 여성이 시대가 요구하는 지도자는 아니다. 굳이 군가산점제가 아니라도 괜찮다. 그런 노력 자체도 하지 않으면서 무조건 군가산점제 실시를 반대하는 것은 옳지 않다.

☻ 국가배상법. 보험약관 전면 개정으로 가자

군미필자가 피해를 입었을 경우 군복무 예상 기간을 보상액수에서 공제하고 있는 국가배상법 시행령과 보험회사 보험약관을 전면 개정할 필요가 있다. 현재 규정대로라면 군대를 가는 병역 미필 남성은 국가로부터 부당한 침해를 받고 교통사고로 사망하거나 다쳐도 항상 피해보상액은 여성이나 군면제자보다 적다. 이는 군복무가 가능한 사람에게 일방적인 손해를 감수하도록 한 독소조항에 해당된다.

20대 초·중반 남성이 병역의무를 지느라 경제활동에 종사할 수 없는 건 개인의 책임이 아니라 국가가 헌법과 병역법에 근거해 남성에게 병역의무를 부과했기 때문이다.

또 장교나 부사관. 공중보건의. 전문연구요원. 산업기능요원처럼 돈을 벌면서 병역의무를 이행할 수도 있다. 군복무를 해야 될 남성들은 사망 시 456개월치. 여성과 군면제자는 480개월치 임금 전부를 주는 보상규정, 보험약관이 더 이상 유지되어야 할 이유는 없을 것이다.

😎 전문가 병역제도, 현실에 맞게 고치자

사각지대에 있는 의사, 변호사, 수의사 등 전문가 집단의 병역제도도 변화된 현실에 맞게 고쳐야 할 것이다. 군의관과 군수의관, 군법무관의 복무 기간은 훈련 기간을 포함할 경우 보충역인 공중보건의, 공익수의사, 공익법무관에 비해 4~5주 더 길다. 근무 여건이 좋은 보충이 현역보다 복무 기간이 짧은 것은 형평에 어긋난다. 37개월에서 39개월 사이인 전문가들의 군복무 기간도 단축하거나 제도적 보완책을 마련하여야 한다. 예를 들어 현재 군의관 제도를 유지할 경우 군필 의사와 여의사, 군면제를 받은 의사 간에는 사회진출에 39개월간의 격차가 생긴다.

4년인 레지던트 수련 기간과 개업 후 소득 등을 감안하면 군에 가지 않는 여의사나 군면제 의사는 지나친 혜택을 누리는 대신 군필의사는 심각한 불이익을 감수해야 하는 것이다. 따라서 군 경력을 인정해 레지던트 수련 기간을 줄여준다든지, 레지던트 채용 쿼터제를 실시하는 방안 등 다양한 해결책을 모색할 필요가 있다.

2

미래를 준비하자

😊 미리 준비하지 않으면 늦는다

우리나라 사회에서 남성이 군대를 가는 것은 자연스럽
고 당연한 일로 받아들여진다. 그래서 돈이나 이른바 빽을
써서 군대를 가지 않은 병역비리 사건이 터질 때마다 국민
들의 분노는 컸다. 2002년 대통령 선거에서 당선이 유력했
던 이회창 전 한나라당 총재는 병역면제를 받은 두 아들
때문에 대권의 꿈을 접어야 했다. 그러나 최근 군복무를
하면 돌아온 대가는 '예비역'뿐이라는 자조감이 군필자를
중심으로 팽배해지고 있다. 그동안 우리 사회는 제도개선
의 초점을 여성과 장애인의 불평등을 해소하는 데 맞추어
왔다. 남, 여 고용평등법 제정과 군가산점 폐지, 장애인고
용 쿼터제 등이 그 결과물이다. 그러나 군가산점제 폐지
이후 남성 군복무자에 대한 보완책은 거의 마련하지 않았
다. 1980년대 "둘도 많다, 하나만 낳아 잘 기르자"는 표어

가 있었다.

아이를 너무 많이 낳으면 국가 경제가 어려워지는 만큼 출산율을 줄이자는 차원에서 나온 홍보 구호. 이때 일부 전문가들 사이에서는 출산율이 너무 급격히 떨어지고 있다며 이런 식의 산아제한정책이 아니라 오히려 출산장려대책을 세워야 한다는 주장을 폈었다. 그러나 대세는 산하제한 정책이었고 다른 의견을 가진 사람은 더 이상 목소리를 낼 수 없었다. 그러던 중 1995년 1.65명이었던 합계출산율은 2003년 1.19명, 2004년 1.16명, 2005년 1.08명으로 떨어졌다. 상황이 심각해지자 정부는 출산장려대책을 본격 시행했다.

산하제한정책을 펴서는 안 된다는 목소리가 나온 지 거의 20여년 만에 이뤄진 정책 전환이었다. 그러나 한번 떨어진 출산율은 쉽게 회복되지 않고 있다. 원래 20년여 전부터 차근차근 추진했어야 하는 문제를 1~2년 안에 해결하기는 무리인 게 당연하다. 병역문제도 마찬가지다. 과거 여성이나 군면제자가 직장 내에서 차지하는 비율은 낮았고 연금, 소득, 정년 등 병역의무 이행에 따른 역차별적 요소가 사회 문제로 확산될 소지도 적었다. 그러나 지금은 사정이 다르다. 최근 공무원이나 공기업, 금융업, 의사와 변호사처럼 전문 직종에서 적게는 30%, 많게는 60~70%씩 여성이 합격하고 있다. 현재의 정년, 연금 제도를 유지하는 한 군필자와 면제자, 여성 사이에는 20~30년 후에는 심각한 불평등이 야기될 것이다. 1980년대 출산율 저하의 심각성을 국민들이 깨닫지 못했듯이 예고되는 갈등을 현재는 느끼지 못하고 있을 뿐이다.

따라서 미리미리 불만을 찾아 대책을 마련해야 한다. 문제가 곪아터질 때까지 기다려서는 안 된다. 10~20년 후 우리사회의 변화를 예상하고 종합적인 대책을 수립해야 할 시점이다. 숨 가쁘게 변화하는 시대다. 미리 미래를 전망하고 대비하지 않는다면 결국에는 혼란과 갈등 속에서 답을 찾아야 할 것이다. 복무기간 단축도 병역의무 이행자들에게는 중요한 일임에 틀림없다. 그러나 더 중요한 것은 군대에 다녀온 사람들이 차별받았다는 느낌이 들지 않도록 해야 한다는 점이다. 모병제로 전환하면 이런 갈등은 충분히 해소할 수 있다. 그러나 북한과 대치하고 있는 대한민국의 특수한 사정을 감안하면 모병제 전환이 그리 쉬운 일은 아니고 현실성도 떨어진다.

정부는 국민개병제의 근간을 훼손하는 결정이라는 비판 속에서 종교적 이유로 병역을 기피하고 있는 사람들에게 대체복무를 허용하는 방안을 추진하고 있다. 그러나 소수의 인권을 부르짖는 정부가 20대 초중반 젊은 시절을 국가에 바친 남성들에게는 보상책을 제시하는 데는 인색하다.

남·여간 차별을 없애기 위한 양성평등제, 사회적 약자인 장애인의 고용을 늘리기 위한 고용쿼터제는 우리 사회의 화합을 위해 꼭 필요한 제도이다. 여성들이 마음 놓고 직장 생활을 할 수 있도록 탁아시설과 근무여건을 개선하는 것도 사회가 당연히 해야 할 책무이다. 그렇지만 2년간 사병으로 군에 다녀온 의무 이행자에게 인센티브와 보상을 하는 것 또한 국가와 사회가 책임져야 할 일이다.

그동안 국가와 사회는 군복무자에 대한 보상과 양성평등제, 장애인 고용쿼터제를 같은 선상에서 놓고 평가해 왔다. 예를 들어 군복무자에 대한 보상을 여성과 장애인의 권리를 침해하는 것으로 해석했다. 그러나 두 가지는 별개 사안이다. 보상 없는 군복무, 인센티브 없는 군복무 제도를 유지하면서 언제까지 국방의 의무란 이름으로 젊은 남성들을 군으로 보낼 수 있을까?

노무현 대통령의 말대로 군대에서 썩는다고 생각하는 사람이 늘어나면 날수록 병역의무는 20대 남성들에게 부담으로 작용할 것이다. 대한민국이 60여 년을 이어온 징병제. 이를 계속 유지하려면 사회 구성원 간에 새로운 합의를 추구할 때가 되었다. 아마 그 시기를 늦추면 늦출수록 사회나 국가가 지불해야 할 대가는 커질 것이다.

· 저자 ·

이상도

강원도 양구에서 태어나 늘 군인을 보며 어린 시절을 보냈다.
논산훈련소에서 훈련받고 자대배치를 받은 곳도 고향인 양구였다.
육군 하사로 제대했고 서울시립대를 졸업했다.
1992년 평화방송에 입사해 법조, 건설교통부, 교육부, 청와대 출입기자를 거쳤다.
현재 평화방송 국회팀장으로 일하고 있다.
1996년 '외국산 동. 식물 우리 생태계 파괴 어디까지 왔나'로 방송기자상을 수상했다.

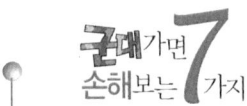

군대가면 손해보는 7가지

· 초판 인쇄	2007년 11월 30일
· 초판 발행	2007년 11월 30일
· 지 은 이	이상도
· 펴 낸 이	채종준
· 펴 낸 곳	한국학술정보㈜
	경기도 파주시 교하읍 문발리 513-5
	파주출판문화정보산업단지
	전화 031) 908-3181(대표) · 팩스 031) 908-3189
	홈페이지 http://www.kstudy.com
	e-mail(출판사업부) publish@kstudy.com
· 등 록	제일산-115호(2000. 6. 19)
· 가 격	11,000원

ISBN   978-89-534-7907-4 93800 (Paper Book)
        978-89-534-7908-1 98800 (e-Book)

이 책은 한국언론재단의 연구저술 지원으로 출판되었습니다.